CARLOS AUGUSTO SEGATO
GISELDA LAPORTA NICOLELIS
ROSANA RIOS

Ilustrações
KIPPER

TRIÂNGULO DE FOGO

2ª edição
6ª tiragem
2014
Conforme a nova (

Copyright © Carlos Augusto Segato, Giselda Laporta Nicolelis e Rosana Rios, 2002

Editor: ROGÉRIO GASTALDO
Assistente editorial: ELAINE CRISTINA DEL NERO
Secretária editorial: ROSILAINE REIS DA SILVA
Suplemento de trabalho: ROSANE PAMPLONA
Coordenação de revisão: LILIAN SEMENICHIN
   E PEDRO CUNHA JR.
Gerência de arte: NAIR DE MEDEIROS BARBOSA
Supervisão de arte: VAGNER CASTRO DOS SANTOS
Layout de capa: ALEXANDRE RAMPAZO
Projeto gráfico e diagramação: GISLAINE RIBEIRO
Finalização: ROBSON LUIZ MEREU
Impressão e acabamento: DIGITAL PAGE

Dados Internacionais de Catalogação na Publicação (CIP)
(Câmara Brasileira do Livro, SP, Brasil)

Segato, Carlos Augusto
   Triângulo de fogo / Carlos Augusto Segato, Giselda Laporta Nicolelis, Rosana Rios ; ilustrações Kipper. — 2. ed. — São Paulo : Saraiva, 2005. — (Coleção Jabuti)

   ISBN 978-85-02-04001-4
   ISBN 978-85-02-04002-1 (professor)

   1. Literatura infantojuvenil I. Nicolelis, Giselda Laporta. II. Rios, Rosana. III. Kipper. IV. Título. V. Série.

02-4823   CDD-028.5

Índices para catálogo sistemático:
1. Literatura infantojuvenil   028.5
2. Literatura juvenil   028.5

Rua Henrique Schaumann, 270
CEP 05413-010 – Pinheiros – São Paulo

SAC | 0800-0117875
| De 2ª a 6ª, das 8h30 às 19h30
| www.editorasaraiva.com.br/contato

Todos os direitos reservados à Editora Saraiva

202050.002.006

"O Brasil não é para principiantes." (Tom Jobim)

"O Brasil é sério. Mas é surrealista." (Jorge Amado)

"Brasil, mostra a tua cara! Quero ver quem paga pra gente ficar assim." (Cazuza)

"Enquanto os homens exercem seus podres poderes
Morrer e matar de fome, de raiva ou de sede
São tantas vezes gestos naturais" (Caetano Veloso)

"O poder corrompe? Já na Grécia antiga o filósofo Diógenes, com uma lanterna na mão, procurava uma pessoa honesta ou justa. Até hoje, um indivíduo que não se corrompe em contato com o poder é um verdadeiro tesouro perdido, uma pérola no pântano. A essas pessoas, que não têm preço, que não se vendem, dedicamos este livro, na certeza de encontrar muitas delas entre seus leitores."

Os autores

CAPÍTULO 1

A notícia pegou a todos de surpresa. Mais que isso, causou um verdadeiro impacto: o casarão da família Lorquemad, localizado nos arredores de uma cidadezinha do interior, repentinamente pegara fogo. E, para a desgraça ser ainda maior, os bombeiros haviam encontrado um corpo carbonizado entre os escombros... que julgavam ser do proprietário, o empresário João Carlos, o único a estar no local na hora do incêndio.

A viúva, Maria Clara, mostrava-se inconformada com o que acontecera.

– Ele não merecia isso, um homem tão bom! – lamentava. Dois dos filhos, vindos de Águas de Lindoia e Curitiba, haviam se hospedado em um segundo casarão, que pertencera ao patriarca e onde costumavam ficar nas férias.

– Olha aqui, gente, há uma grande possibilidade de o corpo ser do pai mesmo – desabafou Pascoal, o filho mais velho, que acabara de voltar do local do incêndio. – Estava na biblioteca do subsolo, o seu lugar preferido. Os bombeiros disseram que provavelmente o incêndio foi desencadeado por um cigarro ou charuto que caiu sobre os jornais velhos... e papai andava muito distraído ultimamente, largava o charuto aceso em qualquer lugar. Deve ter dormido e não percebeu o fogo.

– Parece lógico – concordou Débora, a única filha mulher. – Mas não seria melhor localizar o dentista dele, o doutor Eduardo, para uma confirmação? Senão corremos o risco de enterrar um estranho no jazigo da família. Eu estou cansada de tantas fofocas e boatos nos envolvendo. E agora esse incêndio, que já tem quem diga que foi criminoso... quando será que vão nos deixar em paz?

– Calma, Débora! – o irmão apressou-se em confortá-la. Ele mesmo, porém, concordava que o incêndio parecia suspeito.

Mas não abria a boca sobre isso. Já imaginava as repercussões da tragédia, e nem queria pensar no que seria a divisão de bens: uma guerra dos cem anos...

Enquanto a viúva chorava no quarto, Pascoal e Débora continuaram a discutir se localizavam ou não o dentista na Europa, para fazer uma comparação da arcada dentária do morto com as radiografias do empresário e assim comprovar definitivamente a identidade do corpo.

Pascoal insistiu em que adiassem a decisão até o dia seguinte – quando Plínio, o irmão que faltava, finalmente chegaria à cidade.

Até que outro filho, o caçula, considerado boêmio e meio louco pela família, que justamente levava o nome do pai, João Carlos Lorquemad Jr., entrou na sala e detonou:

– Por que tanta história pra enterrar um velho safado como aquele? A velha se matando de chorar enquanto ele faturava tudo que era piranha... viram a última que arrumou? Está na tevê.

Um silêncio se opôs à frase contundente de JJ, apelido pelo qual os irmãos o chamavam. Ele acionou o controle remoto e a voz de um locutor na TV respondeu por eles, dando mais uma notícia assustadora:

> – FOI ENCONTRADA MORTA, COM UM TIRO NO PEITO, EM SEU APARTAMENTO DO RIO, A FAMOSA MODELO FRANCESCA SMIRAN. A POLÍCIA SUSPEITA DE SUICÍDIO, JÁ QUE A ARMA ESTAVA AO LADO DO CORPO, MAS NÃO DESCARTA A HIPÓTESE DE HOMICÍDIO. TAMBÉM ESTÁ SENDO INVESTIGADA A MORTE DO EMPRESÁRIO CONHECIDO COMO JCL, JOÃO CARLOS LORQUEMAD, CUJO CORPO, CARBONIZADO, FOI ACHADO NUM CASARÃO EM SANTO ANTÔNIO DAS ROCHAS, NO INTERIOR DO ESTADO, POIS LORQUEMAD E A MODELO ERAM CONSTANTEMENTE VISTOS JUNTOS, EM PÚBLICO.

– Estão vendo? – disse JJ, sorrindo sarcástico. – Como eu disse, todo o mundo sabia, apenas nossa mãe fingia que não. Quanto a mim, podem enterrar o corpo... Se for do velho, tanto melhor; se não for, ele que apareça.

– Respeite os mortos! – pediu Pascoal, exasperado.

– Deixem de hipocrisia, sabemos que o velho era um fariseu. Posava de bom sujeito, o "esteio da pátria", e estava mais sujo que pau de galinheiro. Como é que vocês acham que ele ficou milionário, hein?

– Com o trabalho de uma vida toda, esqueceu que a nossa família é dona de empreiteira há décadas? E construiu as maiores obras de engenharia deste país? – rebateu Débora, chocadíssima.

– Ganhando concorrências superfaturadas, subornando os canais competentes – continuou JJ. – Sem falar nas relações espúrias com políticos. Quantas vezes o velho foi tesoureiro de campanhas...

– A respeito disso, nunca provaram nada – devolveu o irmão, abespinhado –, só boatos... Nosso dinheiro foi ganho com trabalho e suor.

– Suor dos peões das obras, com certeza – concordou JJ. – Alguém já se preocupou em saber das contas do *daddy* na Suíça, Caribe e em outros paraísos fiscais? Deve ter uma grana preta, gente.

– Eu não acredito no que estou ouvindo...

Atrás de JJ, a figura da mãe, vestida de preto, era impressionante: a perfeita imagem da mártir.

– Desculpe, mãe, mas alguém tem de encarar a verdade nesta família... O pai não era nenhum santo.

Dona Maria Clara olhou para ele, olhos vermelhos cheios de fúria:

– Respeite a memória de seu pai ou vou ter de pedir que saia e não volte nunca mais a esta casa...

– A senhora está nervosa. – Débora acudiu-a passando o braço em volta dos seus ombros. – Descanse lá no quarto, eu vou preparar um chá...

O caçula, porém, enfrentou a matriarca:

– Sinto muito, mãe, não é porque papai morreu que vai virar santo de repente. Vou embora. Se precisarem de mim, sabem onde me encontrar. Quem sabe um dia a máscara de hipocrisia caia do rosto de vocês...

Em seguida, abriu a porta e saiu, deixando um vento gelado entrar como prognóstico sombrio.

Escondidos atrás das enormes cortinas da sala, dois primos, adolescentes, seguraram a respiração. Tinham ouvido tudo. A cabeça deles fervilhava: "Será que todos falavam da mesma pessoa? Daquele avô querido e devotado, que era só meiguice e carinho para com os netos? Não haveria engano? Por que o tio chamara o avô de 'o último dos canalhas'? O que isso realmente significava?".

Calados, Henri e Fausto esperaram até que todos os outros passassem para o cômodo ao lado. Escondidos, tinham ouvido a conversa dos mais velhos e agora estavam com uma terrível dúvida.

Henri ia saindo dali, muito perturbado, quando Fausto lhe

sussurrou algo. Sem dizer nada, ele concordou. Sobrepondo as mãos, como cavaleiros medievais, juraram que não descansariam enquanto não descobrissem a verdade sobre o avô, por mais terrível que ela fosse!

CAPÍTULO 2

Henri não conseguia dormir. Não depois de ouvir aquela conversa da família. Fazia tempo que sua cabeça repousava sobre o travesseiro alto, olhos perdidos no teto antigo de um dos muitos quartos do casarão.

Ele era o mais tímido dos netos do velho João Carlos, cuja morte, bem no começo das férias de julho, fora responsável pela inesperada reunião, ali na pacata Santo Antônio das Rochas. Uma família que Henri julgava ser a mais feliz da cidade. Uma família de reuniões alegres no carnaval, na Páscoa, nos aniversários dos avós... Que trocava entre si brindes de saúde e felicidade.

Por isso Henri ficava irritado com as tiradas debochadas do tio João Carlos Júnior... Mas sua mãe, Débora, era capaz de explicá-las:

– Seu tio nunca fez nada pela nossa família. Estudou pintura, arte dramática e literatura na Europa. Quer dizer, só começou, não terminou nenhum curso. Só torrou nas farras o dinheiro que o seu avô conseguiu juntar com tanto trabalho...

Ninguém era tão insuportável quanto o tio JJ, como ele também era conhecido nas rodas boêmias. Verdade que o primo Fausto às vezes era um sabe-tudo, convencido e arrogante. Mas nunca havia pretendido arrasar a família como o tio. Pelo contrário, sentia o maior orgulho dela.

Agora também havia surgido aquela história das amantes do avô. O último dos canalhas... Que absurdo! O avô vivia para o trabalho e a família, entre seu refúgio em Santo Antônio das Rochas, São Paulo, Brasília e as grandes capitais do mundo. E a mulher encontrada morta, como era o nome mesmo? Francesca... Smiran. Era uma modelo conhecida. Muito bonita. O pior é que a televisão confirmava as histórias que o tio JJ contava.

A porta se abriu silenciosamente.

– Henri... Está acordado ainda, filho? Tudo bem?

– Sim, dona Débora – brincou ele, chamando a mãe pelo nome. – Cansaço da viagem. Estava lendo gibis até agora há pouco, pra relaxar...

Viera com a mãe de Águas de Lindoia, trocando de ônibus em São Paulo, já que não havia linha direta para Santo Antônio das Rochas. O pai, Maurício, ficara cuidando dos detalhes de um negócio no qual ele e a esposa, ambos professores na pequena cidade, estavam apostando: a compra de uma pequena pousada. Viria assim que pudesse.

– Está falando isso porque queria vir de avião, não é?

– Fausto e o tio Pascoal vieram de Curitiba num jatinho...

– Lembre-se, Henri, de que nós somos o ramo pobre da família...

– Tá bom, mamãe. Papai não aceitou nada do vovô até hoje. Só espero que ao menos a sua parte na herança ele aceite.

Antes que a mãe respondesse, alguém bateu à porta.

– Débora?

Henri reconheceu a voz da avó. Talvez houvesse algum assunto sem terminar lá embaixo, na sala de onde os primos haviam saído às escondidas há algumas horas. Quando a mãe acenou e saiu para o corredor, ele ouviu dona Maria Clara sussurrar: "O JJ está cada vez mais inconveniente. Disse que ia embora e não foi coisa nenhuma. Está de pileque, como sempre".

Sozinho, Henri continuou pensando no que o tio JJ dissera. A televisão também havia relacionado a modelo, Francesca, com o falecido. E insinuava que as mortes estariam interligadas.

Ou será que o tio Pascoal tinha razão? Henri sempre o vira tomar partido do avô, zelando com autoridade pelo bom nome da família.

O garoto acomodou-se melhor sob os lençóis, tentando afastar esses pensamentos. Queria esquecer o que ouvira na sala e até o pacto feito.

Desejava que o pai estivesse ali. Maurício era professor em vários colégios em Águas de Lindoia. Ele e Débora lecionavam juntos, unidos até nisso: viviam com seus próprios recursos, lutando sete dias por semana para segurar as contas no fim do mês.

Por que Maurício nunca havia aceitado nada dos Lorquemads para ajudar no orçamento apertado? Afinal, o avô generosamente ajudava os filhos homens, Pascoal, Plínio e JJ. Depois do divórcio dos pais de Fausto, há alguns anos, o primo viajara para a América do Norte à custa do avô...

Tio Plínio, que era viúvo, tinha montado com a ajuda dele um belo escritório de advocacia em Belo Horizonte, onde morava.

E então Henri se lembrou de Suélen. Ela era a nota agradável naquela viagem feita em razão dos funerais do avô. Filha de dona Arlete, uma antiga copeira do casarão. Moreninha de olhos brilhantes, era a companheira de brincadeiras desde que ele era menininho, quando vinha para os encontros de fim de ano. Só na última viagem havia reparado o quanto ela mudara. Mais crescida que ele, tinha agora a voz delicada das moças, uma calma distraída, um olhar travesso.

Com todos os incidentes, porém – o incêndio, a morte do avô, a hospedagem no casarão –, ficava difícil rever Suélen sem que parecesse um encontro provocado. Não encontrara nem mesmo a mãe da garota, apesar de haver chegado antes do almoço. Precisava descobrir se ela continuava trabalhando para a avó, depois do terrível acontecimento.

Algumas vozes sob a janela interromperam seus pensamentos. Será que a discussão continuava lá embaixo?

A janela do quarto, porém, dava para um pátio nos fundos, em direção oposta à sala. Não podia ser a continuação da conversa que ouvira junto com o primo.

Sentou-se na cama e apurou os ouvidos. Duas vozes conversavam num tom áspero. Havia uma terceira voz? Estavam se afastando, não dava para tentar identificá-las.

As palavras quase sumiam, abafadas pelo vento:

"– ...*mas eu não posso ficar escondendo isso...*

– Pois vai continuar, sim. Isso pode lhe custar muito mais do que você está imaginando. Pode custar a sua vida!...".

Que dia horrível! E que noite! Então era esse tipo de conversa que corria pelo casarão antes mesmo de o corpo do avô chegar à Câmara Municipal de Santo Antônio das Rochas para ser velado?

Henri desejou que tio Plínio, o irmão preferido de sua mãe, chegasse logo. Vó Maria Clara havia dito que talvez ele viesse no dia seguinte, com a filha. Somente então Henri lembrou-se da prima que faltava: Ingra.

Não a via há anos. Desde a morte da mãe que ela e o pai pouco apareciam em Santo Antônio das Rochas. Nem nas últimas festas tinham vindo... A lembrança que tinha dela era de uma garota quieta, quase tão tímida quanto ele, mas que se animava com as brincadeiras que Fausto, mais extrovertido, inventava quando eram pequenos.

Ingra... Como estaria agora? Quando a mãe finalmente subiu, abrindo a porta do quarto devagar, ele fingiu que dormia.

CAPÍTULO 3

Fausto acordou cedo, embora não fosse esse o seu costume. Estranhara muito dormir naquele quarto com um teto tão alto. Ele preferiria ter ficado no apartamento do centro a dormir naquele casarão antiquado.

"Ainda bem que papai se mudou deste fim de mundo!", pensou, decidindo se voltava a dormir ou se saía da cama. A segunda opção venceu: queria falar com Henri. O pacto feito no dia anterior não lhe saía da cabeça...

Levantou-se. Foi à janela e abriu uma fresta para espiar. O carro do avô, motorista à porta, parecia aguardar alguém. Logo mais entrava nele seu pai, Pascoal.

O carro arrancou e seguiu rumo ao centro da cidade, onde alguns edifícios quebravam a monotonia da paisagem interiorana.

Com um último bocejo, o rapaz se espreguiçou, com saudades da banheira de hidromassagem do apartamento dúplex de Curitiba, onde morava com o pai e uma governanta. Foi até o banheiro pensando que Curitiba fazia aquela cidade parecer um vilarejo semideserto dos filmes de bangue-bangue.

O telefone não parara de tocar a manhã inteira. Na sala de almoço, Débora, que tomava café com Henri a seu lado, insistia para que a mãe fosse descansar.

– Mas, mamãe, a senhora quase não dormiu! O Pascoal foi tratar dos últimos detalhes com a funerária, não precisa se preocupar com nada.

O telefone tocou e ela foi atender; não viu a velha senhora suspirar, o que não parava de fazer desde a madrugada passada, quando fora acordada com a notícia sobre o incêndio no casarão. Naquela época do ano, ela e o marido sempre ficavam no apartamento do centro. Ele dissera que iria à propriedade "pegar uns papéis", e à noite telefonara avisando que dormiria lá.

Ela esperara vê-lo pela manhã... e o que vira, depois do terrível telefonema da polícia, fora uma reportagem na TV local mostrando os escombros da velha casa.

Não chegou a responder a Débora, que voltou à sala muito agitada.

– Outro repórter. Com esse são cinco, mais os três telefonemas de Brasília. Fora metade da cidade, que quer saber quando e onde será o velório.

A mãe, depois de novo suspiro, decidiu:

– Ninguém mais atende o telefone. Pascoal ligou pra empreiteira e eles vão mandar dona Leonora. Ela está vindo para a cidade, vai ficar aqui cuidando dos telefonemas, repórteres e outras amolações.

As duas mulheres suspiraram – talvez de alívio, talvez de resignação. Leonora secretariava a empreiteira de João Carlos há décadas, e, embora tivesse quase sessenta anos, dava de dez a zero em qualquer secretária de vinte; ela era a pessoa ideal para espantar jornalistas indesejáveis ou avaliar a qualidade de uma partida de toneladas de cimento. Fazia todos os serviços – *todos mesmo* –, diziam as más línguas.

A campainha da porta soou pela milésima vez. Arlete, a copeira de Maria Clara, que viera acompanhando a velha senhora, surgiu na sala de almoço com uma enorme corbelha de flores amarelas nas mãos.

– Já não disse pra pôr no salão, Arlete? – resmungou a dona da casa.

– Essa é nova, dona Clara – disse ela, os olhos brilhando de emoção. – E olha só *quem* mandou!

A faixa de condolências vinha em nome do presidente da República.

Um sorriso irônico quis invadir a tristeza de Maria Clara. "Se eles soubessem...", pensou consigo mesma. Dominou-se porém. A última coisa que queria naqueles dias tristes era confirmar as acusações de JJ.

– Alguém precisa ir encontrar o Plínio no aeroporto – disse, tentando pensar em outra coisa. – Ele deve estar chegando!

Débora, que afinal acabara de tomar café, levantou-se num salto.

– Eu vou, mamãe. Há quanto tempo não vejo o mano...

– Leve o carro pequeno, Pascoal saiu com o grande. E vá pelo portão dos fundos. É mais seguro...

Um olhar pela janela fez Débora estremecer. Dois carros com o logotipo dos jornais locais, mais um micro-ônibus de certa estação de TV da capital, nos portões da frente, pareciam tocaiar todos os habitantes da casa.

Henri, que também terminara seu café, seguiu a mãe para o salão onde, no dia anterior, se dera a fatídica reunião familiar.

– Posso ir também, mãe?

Débora pensou que seria bom tirar o filho e o sobrinho daquele pandemônio, pelo menos por algumas horas.

– Pode, Henri. E veja se o Fausto quer ir junto. Acho que ele já acordou... Se tomar café depressa, levo os dois.

O garoto subiu as escadas de dois em dois degraus. Estava bastante animado naquela manhã. Sem necessitar de grandes investigações, reencontrara dona Arlete. Se ela tinha vindo para o casarão ajudar, Suélen não podia estar longe... Quase trombou com o primo, que descia. Estancou e contou rapidamente as novidades, em especial sobre a coroa de flores mandada pelo presidente, e a cara estranha que a avó fizera ao vê-la...

Em poucos minutos o carro saía pelos fundos. Nenhum repórter fazia plantão ali: Débora, o filho e o sobrinho seguiram tranquilos para a larga avenida que ia dar no pequeno aeroporto, no fim da cidade.

– Olha Santo Antônio das Rochas lá embaixo, filha.

Ingra tirou os olhos do cinto de seu assento, que conferia pela décima vez desde que a comissária recomendara naquele monocórdico tom: "favor apertar os cintos, retornando a poltrona para a posição vertical..."

A cidadezinha natal de seu pai, vista dali, parecia de brinquedo: os campos verdes em torno, depois montes de casinhas, todas iguais, seguidas por ruas bem delineadas e muito arborizadas; finalmente o centro da cidade, com um aglomerado de estabelecimentos comerciais e poucos edifícios.

A garota suspirou ao pensar que, numa das últimas vezes que tinham vindo à casa dos avós, sua mãe ainda estava viva.

A aeronave aterrissou na pista cercada pela mata rala. Um sol pouco convincente tentava esquentar o ar da manhã. Plínio, pela janela, reconheceu num relance a figura da irmã parada depois da cerca do aeroporto.

– Lá está sua tia Débora. E os dois meninos ao lado devem ser os seus primos. Como cresceram!

Ingra olhou com pouco entusiasmo. Aquela viagem não a atraíra nem um pouco... Gostava do avô, é claro! Como não adorar aquele velho querido, que vivia mandando presentes inesperados, fosse aniversário ou não, e que fazia a maior festa para os netos? Desde que soubera da morte dele, porém, uma sensação indefinível a envolvia. Não era tristeza, nada parecido com o que sentira quando sua mãe, Aura, falecera; era algo muito diferente.

Uma mistura de medo, preocupação, aflição. Como se alguma coisa estranha e assustadora estivesse prestes a acontecer. Como se sua intuição a aconselhasse: "Fique longe dessa cidade. Fique longe daqui...".

Apesar de ter apenas quinze anos, Ingra tinha aprendido a jamais desprezar uma intuição. O pai costumava dizer que ela herdara os poderes da mãe, que, dizia ele, "era meio bruxa". Ao ouvir tais brincadeiras, a garota sorria. Mas muitas vezes ela soubera, antes que lhe dissessem, coisas que haviam acontecido. E outras vezes, em sonho, ela vira imagens que depois reconhecera, estando acordada. Seria mesmo aquele algum poder fora do comum? Ou seria apenas sua imaginação?

Não havia tempo para pensar em assuntos místicos agora. Os passageiros já desembarcavam, e Ingra tratou de pegar sua bagagem de mão e seguir o pai. Ele parecia ansioso para deixar o avião e encontrar tia Débora. "Ansioso demais...", a menina pensou, olhando a maleta preta que ele se recusara a despachar e à qual ficara agarrado durante a viagem inteira. Aquela não era uma atitude típica de seu pai, sempre tão sensato. Pena que seus "poderes" não funcionavam com alguém tão próximo dela quanto o pai... Ingra suspirou, sabendo que aquele seria um *longo* dia e que muitas surpresas esperavam pela família Lorquemad... e talvez por ela também.

Quando entraram na sala do casarão, Plínio e Débora estavam roucos de tanto conversar no caminho; era como se tivessem assuntos triviais de anos para pôr em dia. Quanto a Ingra e aos primos, mal haviam trocado duas palavras. A adolescência parecia ter colocado barreiras entre os três, que antes tinham sido inseparáveis. Henri e Fausto bem que se haviam encontrado nos feriados mais recentes; ela, porém, só se lembrava deles como companheiros de brinquedos infantis. Não sabia se poderia confiar nos primos como outrora.

Foram recebidos com beijos e abraços. Vó Maria Clara chorou ao abraçar Plínio. Ingra sorriu por dentro, sabendo que seu pai sempre fora o filho preferido; não era sério como tio Pascoal, nem amalucado como tio JJ...

Mal tiveram tempo de se instalar. Um homem desconhecido para Ingra ocupava a poltrona do avô, e ela imediatamente antipatizou com ele.

– Minhas condolências, doutor Plínio – disse o desconhecido.

Ingra viu seu pai forçar um cumprimento para o homem.

– Obrigado, doutor Petrônio. Agradecemos a sua presença nesta hora.

O silêncio constrangido que se formou foi quebrado alguns segundos depois pela voz da dona da casa.

– Você já sabia, não é, Plínio? É o único de nós todos que sabia que doutor Petrônio não era mais o advogado de seu pai...

Os olhos da família inteira fixaram-se no advogado.

Dona Maria Clara continuou, perplexa:

– Mas por quê, meu filho? Doutor Petrônio cuidou de tudo

para o João Carlos por quarenta anos... E só hoje, quando o Pascoal o encontrou, descobrimos que seu escritório não tem mais nada a ver com os negócios e bens de seu pai!

Plínio respirou fundo, como que a tomar coragem para o que teria de dizer. Ingra notou que ele ainda não largara a maleta preta.

– É verdade. Há uns três meses papai me telefonou e avisou que estava enviando uma correspondência importante e confidencial. Recebi uma procuração, para agir em seu nome. E três cópias de uma relação de bens: propriedades, contas bancárias, ações, participações. Ele disse que logo iria me ver e explicaria o porquê de tudo isso... mas não foi. Não teve tempo de explicar nada.

Todos pareceram confusos. O único que ostentava um ar tranquilo, seguro de si, era o ex-advogado do avô, que Henri definiu para si mesmo como "pegajoso" e Fausto imediatamente apelidou de "safado".

– Vejo que vocês têm assuntos particulares a tratar – disse o homem, levantando-se. – Só vim prestar minhas homenagens à família.

E dirigiu-se para a porta. Depois que ele saiu, ficaram algum tempo em silêncio. Ninguém parecia encontrar uma razão plausível para a dispensa de Petrônio, que, mais que advogado, fora amigo íntimo de João Carlos Lorquemad e atualmente era deputado federal, ligado a conexões do empresário em Brasília.

Pascoal chegou, e logo ele, Débora, Plínio e Maria Clara começaram a discutir. Fausto puxou os primos para o quintal. Henri seguiu-o, inseguro; desejaria ouvir o fim da conversa. Ingra relutou; não queria deixar o pai sozinho entre as feras, mas acabou acompanhando-os.

Os três primos estavam a sós pela primeira vez em muitos anos, e tinham todo o tempo do mundo para conversar.

CAPÍTULO 4

Na sala a discussão continuava. Plínio, cansado daquela conversa, resolveu dar um basta:

– Escute aqui, gente, eu vou abrir tudo para vocês. Estive calado esses três meses por um pedido expresso do pai, ele não queria preocupar ninguém, muito menos a mãe...

Maria Clara estremeceu levemente na cadeira, temendo as novas revelações que o filho predileto faria.

– Desembuche de uma vez, mano – pediu Débora, angustiada. Estava cada vez mais nervosa com o rumo dos acontecimentos. – Você dizia que ficou calado a pedido de nosso pai...

– Exatamente – concordou Plínio. – Ele me pediu silêncio absoluto acerca das ameaças de morte que estaria sofrendo.

– Ameaças de morte? – sobressaltou-se Maria Clara, estremecendo na cadeira. – Como ele não me disse nada?

– Como disse, o pai não queria preocupar ninguém. Eu quis inclusive acionar a polícia, mas ele não deixou.

– E quem poderia estar ameaçando o pai? Ele sempre foi amigo de todo o mundo – disparou Débora, agastada. Começava a achar que, depois que se casara e fora morar em Águas de Lindoia, a família feliz que tivera na infância desaparecera e passara a abrigar desconhecidos.

– Isso é o que parecia – continuou Plínio. – O problema justamente é que o pai conhecia todo o mundo, estava por dentro de...

– ...todos os negócios sujos da corte – completou uma voz inconfundível no fundo da sala.

Viraram-se todos e deram com JJ, que, com a mesma facilidade com que sumira, aparecera de volta para tumultuar o ambiente. O rapaz encaminhou-se para junto da família e continuou, no mesmo tom sarcástico:

– O doutor Petrônio, por exemplo, o crápula que acabou de sair daqui. Que cara de pau, meu! Está enrolado com as investigações da CPI da Câmara, acusado de corrupção, e continua com esse ar de santo distribuindo caixões para os "anjinhos" que morrem todo dia no sertão nordestino, onde ele tem seu curral de votos.

Maria Clara olhou suplicante para o filho, meneando a cabeça. Mas JJ era uma força da natureza, incontrolável:

– Não adianta olhar para mim, mamãe, já estou bem crescido pra você me chutar por debaixo da mesa, como fazia quando eu era um molequinho. Quer saber de uma coisa? Posso até jurar que, se o pai estava sendo ameaçado por alguém, esse alguém seria o "querido" amigo Petrônio, justamente porque conhecia todos os podres dele... Por que acham que o velho passou toda a papelada para o Plínio? Vai ver rolou até chantagem nessa história. O "bom doutor candidato" posando de salvador da pátria, denunciando falcatruas em ano de eleição, pra se safar da CPI...

Dessa vez JJ não foi ridicularizado. Houve um silêncio constrangido à sua volta, seguido de murmúrios e suposições. O que o rapaz dissera fazia sentido. Advogando tantos anos para João Carlos, era evidente que Petrônio conhecia todos os negócios do empresário. Quem melhor do que ele para se tornar um traidor? Não era assim que sempre acontecia? Contadores, motoristas, secretárias pondo a boca no trombone, destruindo reputações consideradas ilibadas.

– Não sei – acrescentou Plínio –, mas papai parecia bem chocado com as ameaças. Na hora nem me passou pela cabeça que elas pudessem vir do doutor Petrônio... Achei que a troca de advogados fosse por causa da campanha de reeleição, falta de tempo, o embrulho da CPI. Aliás, eu jamais quis palpitar muito nos negócios dele. Como advogado, achei que não devia arrumar conflitos éticos... Mas fiquei lisonjeado que o pai confiasse tanto em mim.

Pascoal e JJ fizeram uma pequena careta, como se a afirmação os atingisse de certa forma. No fundo, ambos se ressentiam por Plínio ter sido preferido.

– Isso muda tudo de figura – disse Débora. – Se o pai declarou que estava sofrendo ameaças, ele pode ter sido assassinado. E o incêndio nessa hipótese seria criminoso...

– Mas... quem? – balbuciou, aterrada, Maria Clara. – A casa estava vazia, demos folga para os empregados, exceto os que ficam no apartamento do centro. Vocês sabem que o casarão é quase na zona rural... e João Carlos foi lá inesperadamente, para pegar alguns papéis. Nem chamou o motorista.

– Tem certeza de que não havia mais ninguém no casarão, mãe? – insistiu Débora. – Você disse hoje cedo que o caseiro também saiu em férias.

Olharam todos para Maria Clara, esperando uma resposta.

– Sim – confirmou a mãe. – O caseiro, o Lizário, viajou há alguns dias. Deixou um primo no seu lugar: o Jaime, que todos conhecem. Mas a casa dele fica afastada do casarão, perto do casebre daquele velho agregado, o Belarmino. De lá não dá para se ver nada.

– E o seu Belarmino? – sugeriu Plínio. – Não viu nada?

– Ele está muito velho, meio senil... vive mais enfiado no mato do que no casebre – explicou Pascoal.

– Então alguém poderia ter entrado sem ser visto no casarão e ter ficado de tocaia à espera do pai, esperando para atacá-lo e depois pôr fogo na casa para destruir os vestígios do crime... – disse Débora, ofegante.

– Ou podem ter atraído o pai para lá, sob algum argumento. A mãe não acabou de dizer que a saída dele foi inesperada? Os papéis podiam ser uma desculpa. Ele pode ter ido encontrar alguém... – concluiu Plínio.

Estavam nesse clima pesado de suspeitas, quando alguém entrou na sala. Todos pararam de falar para saudar a recémchegada, a secretária de JCL.

Leonora era uma mulher bonita, elegante, de cabelos grisalhos e sempre vestia impecáveis *tailleurs*. Filha de pai inglês e mãe francesa, já "nascera" trilíngue. Tornara-se funcionária indispensável na empreiteira, não só por sua competência, como por ser pessoa de absoluta confiança de João Carlos.

Trazia óculos escuros, provavelmente para esconder os olhos inchados de chorar. Para ela, fora realmente um baque a morte trágica do chefe.

Leonora abraçou um por um os filhos de João Carlos, que vira nascer e crescer. Quando chegou a vez de Maria Clara, esta se levantou e as duas mulheres se confrontaram. Mais ou menos da mesma idade, uma, a esposa, matriarca da família, aparentemente tranquila, olhos vermelhos das lágrimas que vertera; a outra, contida na sua emoção, sob a máscara da eficiência.

Enquanto também se abraçavam, pensamentos distintos cruzaram suas mentes. Na de Maria Clara, a pergunta que ficara sem resposta por décadas, desde que Leonora começara a trabalhar para o marido: "Era só amizade o que havia entre chefe e funcionária? Por que Leonora, mulher bonita, permanecera solteira durante esse tempo todo?".

Na mente de Leonora, porém, os pensamentos transbordavam: "Se ao menos você soubesse o quanto eu também o amei estes anos todos, Maria Clara! Você pode chorá-lo à vontade, é a esposa legal. Eu sou a outra, tão traída quanto você, mais traída ainda, porque sempre calada, sem direito de reclamar o que quer que fosse...".

Respirando fundo, Leonora desvencilhou-se do abraço. Teria de continuar representando o papel da secretária perfeita, conhecedora de todos os detalhes da vida profissional de João Carlos, aquele canalha. Mas que canalha adorável! Sorriu, pensando no falecido chefe, com aquele charme incrível, que atraía as mulheres, como tolas moscas para o mel; e nem era um homem propriamente bonito, mas era elegante, sofisticado. E que voz maravilhosa tinha João Carlos! Adorava quando ele lhe ditava memorandos, cartas, convocações para reuniões secretas... Ele dependia dela para tudo. Começava o dia entrando como uma rajada de vento no escritório da firma:

– Pronta, minha querida?

E ela estava sempre pronta. Para o ditado das cartas, para o planejamento de obras, para a contratação de empregados. E para o resto: os dias em que o acompanhara nas viagens de negócios pelo país e no exterior... quando almoçavam e jantavam em restaurantes maravilhosos. Pelo menos nessas ocasiões ela tinha o gostinho; passava por mulher dele.

Claro que ela sabia – e como lhe doía saber – que a partir de certa época ele passara também a traí-la, desta vez com garotas que tentavam ascender socialmente à custa do relacionamento com o empresário rico. Ele nem se preocupava em esconder isso. Uma única vez em que reclamara, ele respondera, com mel na voz: "Minha querida, elas não significam nada. Você é e será sempre o meu grande amor!".

Mil vezes jurara largar o emprego, mudar para outra cidade, até mesmo outro país. Mas o amor, a paixão, sempre falava mais alto. Ele e de certa forma as organizações de que ambos eram a cabeça já faziam parte dela, de sua natureza, de sua vida. Agora, o destino os separara de forma cruel.

Todos na sala estavam em silêncio. Com a classe de sempre, a secretária sentou-se na cadeira que Pascoal lhe indicava e fez um sinal a Plínio para que continuasse o que estava dizendo quando ela chegara. O clima se aliviara; apesar das desconfianças que alguns tinham dela, se havia alguém capaz de aconselhá-los naquela situação, esse alguém era Leonora.

CAPÍTULO 5

Fausto foi caminhando vagarosamente até a sombra de uma enorme jabuticabeira, à entrada do pequeno pomar nos fundos da casa, onde os primos costumavam brincar nas férias de verão.

Ingra o seguia em silêncio. Ela pensava no pomar e na mata tão aprazível do outro casarão, bem maior. Provavelmente não seria desta vez que iria revê-lo. O que teria sobrado do incêndio?

Henri olhava em torno, avaliando se estariam realmente sozinhos ali.

– Há quantos anos não vou ao casarão do vô... – murmurou a garota.

– As últimas vezes que tio Plínio veio pra cá, estava sozinho... A gente sentiu a sua falta – disse Fausto, provocando nela um ligeiro rubor. – Não é, Henri?

O primo estava distraído. Ingra continuou:

– Depois que mamãe morreu ele preferia vir sozinho.

– Henri! – chamou Fausto. – Vem pra cá! Que está fazendo?

– Reconhecimento do terreno. Tenho medo de que alguém possa ouvir a nossa conversa – respondeu o filho de Débora.

– Bobagem.

Ingra não disse nada, mas compartilhava do mesmo receio. E não parava de pensar em por que o pai não a trazia mais para os encontros com a família depois da morte da mãe. Estaria querendo preservá-la de alguma coisa? Como advogado renomado em Belo Horizonte, viajava muito, mas nunca havia cogitado em deixá-la por uma ou duas semanas nas férias com os avós, para que desfrutasse das delícias do "Refúgio do Riacho" – era assim que haviam batizado a propriedade onde ele morrera carbonizado.

Sua cabeça ficava tonta com a torrente de ideias, suposições e pressentimentos que carregava, desde que ouvira certa conversa proibida no escritório do pai; e nunca o vira tão ansioso quanto estivera durante a viagem. Será que ele temia pela vida de mais alguém?

– E vocês devem ter vindo muito pra cá... – ela murmurou, tentando afastar outras ideias.

– Mais ou menos. O vô e a vó andaram viajando muito para o exterior nos últimos dois anos – contou Fausto. – Mas, antes, aproveitamos pra burro!

– A gente precisa investigar essas histórias malucas que estão surgindo na boca do tio João Carlos. Tem a morte da modelo, a história do rompimento com o doutor Petrônio... – interrompeu Henri.

– Ah! O tio JJ não pode ser levado a sério. – Riu Fausto.

– Mas que a gente precisa tirar a limpo essa história, precisa! – afirmou Ingra, pela primeira vez segura e convicta, surpreendendo os primos. – Eu sei de uma coisa que vocês não sabem... Vovô estava sendo ameaçado de morte. Por isso passou toda a papelada pro meu pai.

Henri e Fausto trocaram olhares assustados.

– Tem certeza? – o mais novo indagou.

Ingra fez que sim com a cabeça outra vez. Se os primos queriam investigar, precisavam saber daquilo. Com a voz ainda firme, falou:

– Ouvi parte de uma conversa de meu pai com o vovô no escritório, pelo telefone. Tem mesmo muita coisa esquisita nesse incêndio... E não serão nossos pais ou tios que vão nos contar a verdade.

– Claro! E muito menos os investigadores que vão cuidar do caso – continuou Henri, que já vinha pensando no assunto.

Só para exemplificar a preocupação, contou aos primos o curto diálogo que ouvira no pátio, na noite anterior, quando tentava dormir.

– Quem poderia ser?

– Não faço a menor ideia. Ventava um pouco, e é claro que falavam baixo. Além disso, não ficaram parados. Eram duas ou três pessoas...

– Eu acredito que o vô pode ter sido assassinado – disse Fausto. – E concordo com o tio, quando ele diz que tem muita sujeira debaixo do tapete...

– Podem apostar que ninguém ali vai lutar pra desvendar qualquer mistério... – respondeu Henri. – E, como todo o mundo muda de assunto quando a gente chega perto, não vamos ficar sabendo nem dez por cento do que está rolando.

Ele estava se lembrando de ter ouvido a mãe, Débora, comentar com a avó que tio Pascoal havia estado no local do incêndio junto com o delegado Antunes e retirado alguns objetos. Por que teria feito isso? Alguém da família teria algo a ver com o incêndio e a morte do avô? Mas não podia dizer isso aos outros: afinal, o primo era filho do tio Pascoal.

Interrompendo seus pensamentos, Fausto indagou a Ingra:

— Se o tio Plínio é advogado respeitado há tempos, e a construtora tem serviço pra uma banca inteira, por que ele não veio trabalhar com o vô antes?

— Papai sempre disse que não era ético misturar as coisas. Que não queria ser conhecido como o "advogado da Construtora JCL". Preferia construir sua carreira sozinho. Pelo menos é isso que ele dizia.

— É. Faz sentido — admitiu Fausto, com ar de líder do trio.

E, talvez para não perder essa moral, ele completou:

— Nós fizemos um pacto e vamos investigar por conta própria. Se eles querem esconder a sujeira, tudo bem. Mas eu preciso saber a verdade!

— E eu também — acrescentou Henri.

Ingra olhou os dois primos nos olhos, agora mais confiante.

— Nem preciso dizer que eu também... Já contei pra vocês sobre as ameaças. Mas acho que podemos ter mais peças do quebra-cabeça, sem saber. Se a gente pensar bastante, vai descobrir outros fatos que ajudem na investigação! Qualquer coisa relacionada com o vô e os negócios dele.

Fausto teve um sobressalto. Lembrara-se de algo que podia estar ligado aos mistérios que cercavam o avô... e começou a contar uma passagem ocorrida em uma de suas férias, anos atrás:

— Só havia eu de criança na casa aquele dia. E eu estava com o saco cheio de tudo o que era passatempo. Chovia, estava um daqueles dias chatos que não terminam nunca. A cozinheira fritou uns bolinhos, coou café, e vó Clara me pediu que fosse até a biblioteca chamar o vô João Carlos. Abri a porta em silêncio, para não incomodar, por isso ele não me percebeu. Fui me chegando. Ele estava olhando um pedaço de papel com uma mensagem escrita a mão, muito esquisita. Parecia que aquilo era muito importante...

— E aí, conseguiu ler o que estava escrito?

— Não. Porque, quando ele me viu, levou o maior susto. Estava pálido. Apesar de que pode ter sido impressão minha...

— E ele escondeu o papel correndo — completou Ingra.

– Como você sabe? – admirou-se Fausto. – Eu nunca contei isso pra ninguém...

Ela também não sabia por que havia dito aquilo. As palavras como que haviam escapado da sua boca. A verdade é que, enquanto Fausto falava, ela visualizara a cena. Não era a primeira vez que aquilo lhe acontecia. Poderia adivinhar o desfecho da narrativa do primo, mas achou melhor deixar que ele mesmo prosseguisse:

– O primeiro impulso dele foi dobrar o papel e enfiar numa gaveta. Vocês se lembram que a biblioteca sempre foi cheia de portas e gavetas com chave? Depois, ele procurou disfarçar. Me abraçou, me levou até uma prateleira que tinha vários livros de aventura e tirou alguns pra me mostrar. Mas, sei lá, fiquei com a impressão de que ele também tentava distrair o pensamento de alguma coisa muito séria...

Ingra fitou os dois primos, ansiosa. Sua intuição lhe martelava a cabeça outra vez, agora com uma ideia fixa: triângulo. Triângulo. Havia um triângulo relacionado à cena?

Indeciso pela primeira vez, Fausto vacilou, mas resolveu ir adiante:

– Bem... além disso... antes que ele dobrasse o papel, eu pude ver um desenho no canto esquerdo... parecia um...

A garota fechou os olhos.

– ...triângulo. Uma coisa esquisita. Um triângulo com os vértices interrompidos. Os três lados eram largos e não se tocavam.

Ingra sentiu um arrepio que lhe subia pelas costas e um ligeiro tremor. Sim, era exatamente isso que ela esperava que ele falasse. Que coisa estranha!

Henri também não conseguiu dominar um certo mal-estar que o assaltou.

– Mais nada? Você não viu mais nada? – perguntou Ingra.

– Não. Ele acabou me distraindo com os livros. Nunca tinha contado nada disso pra ninguém. Acho que... só agora é que isso começou a me incomodar.

– Podia ser uma carta anônima – acudiu Henri.

– É.

Os três se entreolharam por um tempo, sem que ninguém se animasse a acrescentar mais nada. Talvez pensassem no quanto era suspeito um incêndio ocorrido justamente quando o avô passava a noite sozinho no casarão.

Ingra falou baixinho, traduzindo o que todos pensavam.

— Como será que aconteceu? Lá na chácara, além do vô, só o caseiro... ainda é o seu Lizário?

Dessa vez foi Henri quem se lembrou de algo.

— Quando a gente esteve aqui na Páscoa, era sim. Mas eu sei que ele não estava lá no dia do incêndio. Foi uma das coisas que minha mãe perguntou pra vovó quando chegamos. O seu Lizário saiu em férias. Quem estava lá era um tal primo dele, um substituto.

Fausto pareceu muito interessado naquilo.

— Você conhecia o primo do caseiro, Henri?

— Não. Mas minha mãe disse que todo mundo conhece, ele se chama Jaime Pastor.

— Pastor de verdade?

— Dizem que sim, que ele fazia pregações, mas parece que desistiu disso. Ultimamente circulava sempre aqui pela cidade.

– Sabem o que a gente devia fazer? – arrematou Fausto. – Vamos escrever tudo isso num caderno, pra não esquecermos nada. Qualquer lembrança das conversas dos nossos pais, até das férias dos últimos anos, pode ser outra peça do quebra-cabeça.

Os três concordaram em silêncio. De repente, Henri gritou:

– Já sei!

– O quê?

– Quem pode ajudar a gente na investigação!

– Ah! – deixou escapar Fausto, decepcionado. – Nós não vamos encontrar ninguém. Aqui nesse fim de mundo...

– O Falcão! – continuou Henri. – O Rildo Falcão!

– Quem?

– Ele é jornalista aqui! E muito amigo do meu pai. Sempre que vai pra Lindoia, fica lá em casa. Ele também coleciona quadrinhos, como eu. Junto com ele podemos levar essa investigação até as últimas consequências...

– Tenha dó, Henri – foi a vez de Ingra implicar. – Um jornalista? Imagina se a nossa família quer nos ver agora envolvidos com um jornalista. Eles, quando querem, vão fundo numa história, descobrem tudo...

– Calma, gente! Se fosse alguém do jornal da situação, do partido político do nosso avô, tudo bem. Ou se fosse desses que descem a lenha em tudo o que é Lorquemad que veem na frente, pior ainda. Mas o Rildo é gente boa e é amigo... Só vai ajudar.

– Acho perigoso, Henri...

– Vocês não confiam em mim? Então vamos fazer uma visita à redação do *A verdade*, sem tocar no assunto, e depois resolvemos, tá legal?

Fausto ia dizer "veremos", mas um vulto vindo na direção deles o fez calar-se. Os três olharam e viram Arlete, a copeira, aproximando-se.

– Aí estão vocês! Dona Maria Clara mandou chamar para o almoço. E tem de ser depressa, porque depois vai todo o mundo pro velório.

Os primos trocaram um último olhar silencioso, que era a promessa de um encontro mais tarde. E acompanharam a mulher, cada um com um pensamento diferente a ocupar-lhe a mente.

Fausto pensava numa maneira de safar-se de comparecer ao velório. Henri imaginava como perguntar a Arlete sobre sua filha, Suélen. E Ingra...

Ingra respirava fundo, tentando manter a mente fechada à sensação de medo iminente que crescia dentro dela a cada minuto, desde que o avião em que viera aterrissara em Santo Antônio das Rochas.

CAPÍTULO 6

Como por um milagre, talvez causado pela presença de Leonora na casa, o almoço transcorreu tranquilamente. Música instrumental suave vinha do aparelho de som no cômodo ao lado da sala de almoço. Até JJ parecia sóbrio, amansado pela sopa que Arlete servira antes da salada.

Os três primos foram colocados na grande mesa sentados junto a seus respectivos pais; Fausto com Pascoal, Henri com Débora e Ingra com Plínio. Vó Maria Clara ocupava uma cabeceira, e tio JJ a outra. As conversas que surgiram foram calmas: detalhes do serviço fúnebre, marcado para a tarde, sugestões sobre a missa de sétimo dia a ser combinada com o padre local.

Ninguém mencionou desconfianças de assassinato, exame da arcada dentária, casos extraconjugais ou falcatruas do falecido. Mas, em todas as frontes, uma palavra parecia pairar, pronta para ser pronunciada.

Herança...

Ingra, a sensibilidade à flor da pele, podia ouvir aquela palavra como se cada um deles a estivesse gritando a plenos pulmões. A fortuna do avô devia ser grande, e ela sabia que, entre toda a papelada que seu pai recebera, não constava um testamento.

Com a lista dos bens em suas mãos, Plínio faria o inventário para a partilha. A garota conhecia essa parte do trabalho do pai. Como era precoce e inteligente, às vezes ajudava no escritório dele. Sabia como questões de herança podiam dividir uma família... Mas sabia ainda de outra coisa. Que não dormiria em paz enquanto não descobrisse a verdade sobre a morte do homem que dera início àquele grupo familiar. Os adultos, medrosos, tentariam abafar qualquer escândalo, manter a verdade carbonizada e oculta. Seria preciso que ela, Henri e Fausto descobrissem tudo o que havia por trás daquele incêndio! Pois, senão, ele continuaria queimando consciências, até que o patrimônio de vô João Carlos desaparecesse numa pilha de cinzas...

O velório foi maçante e o enterro ainda mais. A tarde ia em meio quando o caixão, contendo os restos mortais do ilustre empresário João Carlos Lorquemad, desceu ao maior jazigo do cemitério de Santo Antônio das Rochas. Os familiares foram protegidos dos *flashes* dos fotógrafos e dos microfones dos repórteres por seguranças da empreiteira e policiais, que escoltavam o delegado Antunes. Sem mencionar o olhar de Leonora, capaz de fulminar instantaneamente qualquer indivíduo que ousasse se aproximar.

À tardinha tudo estava terminado.

O povo que se aglomerara no cemitério foi rareando, e só restaram por ali alguns diretores da empreiteira e vereadores locais, revezando-se na conversa com Pascoal e Plínio. JJ, para alívio de todos, não aparecera. Tampouco Petrônio, o deputado federal.

Fausto cutucou Henri, ao ouvir seu pai comentar essa ausência com tio Plínio. Nenhum dos garotos disse nada, mas ambos pensaram o quão estranho era o "pegajoso", o "safado" vir de Brasília e nem ao menos comparecer ao enterro. Por que viera, então? O que haveria por trás de mais aquilo?... Talvez ele quisesse evitar os repórteres, que não paravam de fazer perguntas sobre as acusações que a CPI da corrupção desencavava contra ele.

Vendo a situação tranquila, o delegado Antunes despediu-se de dona Maria Clara num cumprimento de cabeça. Ela se retirava com Débora, ladeadas por alguns seguranças e arrebanhando os três primos. Plínio e Pascoal seguiriam mais tarde.

Henri estava entrando no carro quando percebeu que Fausto não estava a seu lado. Olhou para Ingra, intrigado. A garota sorriu disfarçadamente.

– Na confusão, ele deu um jeito de ficar com o tio Pascoal.

Os dois olharam para trás e viram, junto ao jazigo da família, o primo, ao lado do pai. E viram também o delegado Antunes com os dois filhos de J. C. Lorquemad, principiando um veemente discurso.

O carro deixou o cemitério e eles trocaram um olhar, imaginando do que se estaria falando. Ainda bem que Fausto ficara lá... poderia trazer novas contribuições à investigação.

O que ninguém viu, a não ser um velho funcionário do cemitério, foi que, muito tempo depois que todos haviam deixado aquele lugar, um vulto feminino ainda permanecia num canto, o casaco do *tailleur* escuro ondulando levemente sob o vento que começava a soprar.

Quando anoiteceu, a mulher deixou uma rosa solitária sobre a terra revolvida da campa e foi embora, o passo vacilante, exausta pelo esforço de se mostrar forte. Não foi notada nas ruas, mas, ainda que o fosse, ninguém em Santo Antônio reconheceria naquele vulto trôpego a criatura confiante que, durante décadas, fora a trava de segurança a manter intacto um império.

No dia seguinte a cidade parecia retomar sua vida normal. O sol brilhante de julho, apesar do inverno, espantava fantasmas e silenciava suspeitas. Depois do café, com os irmãos ocupados no escritório a examinar o conteúdo da pasta de Plínio sob a batuta firme de dona Leonora, os três primos obtiveram licença para um passeio ao centro. Ainda não tinham conseguido ficar a sós e conversar sobre o que Fausto ouvira no enterro.

– Cuidado, hein! – recomendara Débora. – O seu Tito leva e traz vocês. E nada de conversarem com estranhos! Seu Tito era o motorista de confiança do falecido e também estava acostumado a se fazer de segurança. Depois de ouvir mil recomendações de Maria Clara e de Débora, levou os jovens até poucas quadras da igreja matriz, onde entraram numa pequena construção cheia de lojas que, naquela cidade, era a coisa mais próxima do que eles estavam acostumados a chamar de *shopping center*.

Os três, de comum acordo, entraram numa lanchonete, ao lado de duas minúsculas butiques. Em uma delas havia bastante movimento.

– E então? – começou Henri, dirigindo-se a Fausto. – O que foi que o delegado falou pros tios?

O primo fez suspense, saboreando as informações exclusivas.

– Disse um monte de coisas. Que eles tinham feito bem em marcar logo o enterro e não fazer um tal exame pra identificar o corpo, porque isso só ia gerar mais fofoca. E que ele vai manter os repórteres longe do casarão e do apartamento da vó...

Ingra olhou para Fausto, sua intuição dizendo que ele não contara tudo. Estaria o primo querendo esconder algo?

– E o que mais? – ela perguntou, com os olhos cravados nele, como a ler no fundo de seu cérebro.

O autoconfiante Fausto teve que desviar o olhar.

– Ele falou que a Polícia Federal vai mandar alguém pra investigar. O tal do inquérito sobre o incêndio e a morte do vô vai acabar saindo das mãos da polícia daqui.

Henri se mostrou surpreso, mas não Ingra: ela já sabia daquilo...

– Mais uma peça do quebra-cabeça pra gente anotar... – ela falou. Como sempre, captava as coisas no ar. – E o que vamos fazer agora?

Henri conferiu o carro na rua, próximo ao pequeno *shopping*.

– Seu Tito vai esperar, achando que a gente vai ficar circulando por aqui. Enquanto isso nós vamos até a redação do jornal onde o Rildo Falcão trabalha. E vocês resolvem se querem ou não pedir a ajuda dele.

Sem palavras desnecessárias, os primos deixaram a lanchonete por outra porta, atravessaram a pequena galeria e saíram na rua de trás.

A rua margeava a praça da matriz. Mais abaixo, em direção à estação rodoviária, era cortada por uma ruela que terminava numa ladeira. Na quinta casa à direita de quem descia ficava a redação do jornal *A Verdade*, o único periódico independente daquela cidade de 45 mil habitantes – onde, há várias décadas, começara a ser construído o império de João Carlos Lorquemad.

Em vida, o avô dos garotos fazia e desfazia nos currais políticos da região. Ameaçara incendiar jornais, sumir com opositores, retaliar traidores. O pequeno jornal editado por Rildo havia conseguido a proeza de se manter à margem das rixas políticas. Valente, o jovem editor batia quando precisava, regava com elogios quem os merecia, mudava de passo para melhor assimilar os inevitáveis golpes do ofício. Mas sem perder a compostura e a leveza.

Além das ingratas matérias políticas e policiais, fazia questão de dedicar-se também a uma coluna de cinema e quadrinhos, seu xodó. Henri o conhecia muito bem. Não só era amigo antigo de Maurício, seu pai, como tinha parentes em Águas de Lindoia e sempre aparecia por lá.

Havia algum tempo ele e o jornalista trocavam gibis raros, fanzines, magazines policiais e almanaques de terror. Para Henri não havia dúvida: era o sujeito certo.

E Rildo Falcão parecia ter adivinhado as três visitas ilustres, enquanto a cidade ainda fervilhava com a tragédia do Refúgio do Riacho. Do alto da estreita escadinha avermelhada, debruçado sobre um parapeito ao final do corrimão, segurava uma caneca de café fervente.

– Oi, Falcão velho de guerra!

O olhar decidido do jornalista abarcou o trio que subia

ansiosamente os degraus. Seus cabelos espessos e crespos brilhavam sob o foco da luminária e o sorriso cordial acentuava ainda mais a força do seu rosto enérgico.

– Olha só quem ressuscitou! – murmurou ele.

– Trouxe meus primos Fausto e Ingra pra conhecer o jornal...

Por trás do vulto esbelto do editor, dois enormes pôsteres com heróis dos quadrinhos pareciam brilhar contra as lâmpadas fluorescentes. Cuidadosamente ele deixou a caneca sobre o parapeito e lançou aos visitantes sua saudação predileta:

– Muito prazer! Rildo Falcão, pro que der e vier!

CAPÍTULO 7

A hesitação de Ingra e Fausto não durou mais que meia hora. Talvez pela aura de honestidade que o jornalista exalava, talvez convencidos por sua lábia, decidiram, instintivamente, confiar nele.

Acomodados nas velhas cadeiras da redação do jornal, os três primos relataram todos os acontecimentos, desde o incêndio na chácara e o encontro do suposto corpo do avô, até a demissão de Petrônio como procurador da família Lorquemad e a entrada em cena de Plínio. Henri contou do diálogo que ouvira. E Fausto também descreveu a cena entre ele e o avô, anos atrás, quando João Carlos escondera o tal papel com o triângulo dos vértices interrompidos, parecendo três ripas em chamas...

– Três ripas em chamas... – repetiu Rildo Falcão, pensativo.

– Poderia ser um sinal secreto, ou coisa parecida. Vocês disseram que seu avô estava sendo ameaçado...

– É isso, é isso! – gritou Henri, pulando da cadeira e dançando em volta dela. – As chamas poderiam ser um aviso de destruição pelo fogo, o que aconteceu mesmo.

– E o assassino teria o trabalho de mandar um aviso, em forma de enigma, pro vô? E só anos depois pôr fogo no casarão? – duvidou Fausto. – Muito complicado. Mais fácil contratar um pistoleiro de aluguel, como se costuma fazer por aqui. Todo dia tem coisa assim no jornal.

– Outra hipótese – disse Rildo Falcão com uma expressão estranha – é de que o avô de vocês fizesse parte de alguma seita ou organização secreta. Se ele tivesse quebrado um código ou juramento, poderia ter recebido o tal aviso.

– Não sei, não – discordou novamente Fausto. – Pelo que eu conheci do vô, ele gostava mais é de ganhar dinheiro e de aproveitar a vida. Não viram as garotas que ele arrumou, mesmo depois de velho? Isso de seita secreta não combina com ele.

– Nunca se sabe, Fausto – devolveu Ingra. – Às vezes convivemos anos com uma pessoa sem conhecê-la de verdade. O vô vivia metido em política e tinha mil negócios. Sabe-se lá o que ele aprontou por aí nesses anos todos.

– Isso me lembra uma história que o juiz aqui da cidade me contou – disse Rildo Falcão. – Na primeira comarca em que esteve, havia muita disputa de terras. E alguns coronéis se sentiam os reis do pedaço... Um dia tiveram de drenar um córrego na periferia da cidade. E sabe o que encontraram? Ossadas de gente "apagada" por pistoleiros a soldo dos coronéis da região. Tinham algum desafeto, mandavam matar e ficava por isso mesmo. Como aquela piada que corria solta no tempo da ditadura, vocês conhecem?

– Não – foi a resposta unânime da turma.

– Perguntaram a um sujeito o que ele achava da situação; ele respondeu que "não achava nada, porque teve um que achou e nunca mais acharam ele".

Sem querer, caíram todos na risada. Na sua sabedoria simples, o personagem da história definira toda a terrível situação pela qual passara o país nos anos de ditadura militar.

Conversaram mais algum tempo, e depois os três primos voltaram para o mini-*shopping*, onde o motorista da família os esperava, já preocupado.

Logo mais chegavam ao casarão. A família estava reunida na sala de jantar. Sobre a grande mesa espalhavam-se vários documentos que Leonora organizara para pôr o clã a par dos negócios do falecido; mas o pai de Ingra não estava lá. Os primos beijaram a avó e iam saindo, quando Plínio entrou. Tinha alguns papéis na mão e parecia abalado.

— O que foi, mano? — ouviu-se Débora perguntar. — Que papel é esse?

O irmão olhou aflito para a mãe, mas forçou-se a falar.

— Acabo de receber um documento urgente. É o aviso da distribuição de um processo envolvendo nossa família... Nem sei como dar a notícia...

Ingra estremeceu, com uma leve tonteira nublando-lhe a vista. Sua percepção aguçada avisava que o rumo dos acontecimentos ia mudar.

— Pelo amor de Deus, Plínio! — pediu Débora. — Desembuche de uma vez.

— Hoje cedo esteve no fórum da cidade um advogado da capital, que distribuiu uma ação de investigação de paternidade em relação a papai. Sua cliente, uma tal Lucimara Levington, alega ser filha dele.

Antes que qualquer um deles tomasse fôlego, Maria Clara levantou-se:

— Mas esse é o sobrenome de... Leonora!

Num ato reflexo, todos os olhares se voltaram para a secretária, que, pálida, encolhera-se na cadeira. Se pudesse, ela sumiria, entraria em outra dimensão. Aqueles olhares sobre ela queimavam como sal numa ferida aberta.

Não havia mais como esconder o segredo que ela guardara por décadas. Como se fosse um filme, sua vida desfilou ante seus olhos, em segundos – a gravidez inesperada, a sugestão canalha de João Carlos de que fizesse aborto no estrangeiro, com as despesas pagas por ele. Sua recusa em aceitar isso... a pretensa "doença" que a fizera afastar-se vários meses da empresa, para ter a filha no interior, onde deixara o bebê aos cuidados de uma governanta. Jamais, em tempo algum, João Carlos tivera contato com a filha. Ajudava-a financeiramente, mais nada. Era como um tabu entre eles, não tocavam no assunto. A garota crescendo, linda, superdotada, graduando-se numa universidade, casando, dando-lhe a maior alegria da sua vida: Bruno, o neto adorado que também jamais conheceria o avô. Agora isso...

Lucimara mencionara algumas vezes a possibilidade de entrar com o processo de paternidade, mas nunca com muita convicção. Costumava ser açulada pelo marido, interesseiro, que tentava convencer a mulher usando um argumento irrefutável: o futuro de Bruno. A morte de JCL acelerara o processo. O que parecia ser um segredo inviolável agora estourava, como granada, em suas mãos.

Pascoal, exaltado, não se conteve.

– Então era mesmo verdade... e agora, como esperam provar isso?

– O processo de paternidade seguirá o seu curso – explicou Plínio. – Um exame de DNA pode ser feito com o sangue de algum de nós. A constituição igualou, para fins de direito, filhos legítimos e ilegítimos. Se o teste der positivo, Lucimara Levington será declarada filha de papai, nossa meia-irmã, e terá o direito de usar o sobrenome Lorquemad. Vai se tornar herdeira, em igualdade de condições conosco.

Um silêncio constrangedor se espalhou pela sala. Ninguém sabia o que dizer.

CAPÍTULO 8

Enquanto Plínio, Pascoal e Débora, ainda desnorteados, olhavam o documento, Leonora abaixou a cabeça, sob o olhar impiedoso de Maria Clara, e afastou-se da sala. Fausto, por sua vez, teve vontade de estar em qualquer lugar – contanto que fosse longe dos primos, da família, da cidade. Após a saída de Leonora, todos desandaram a falar e a confusão se instalou. A avó passou mal e foi socorrida por Ingra. Em meio ao tumulto, ele viu seu pai, que sempre julgara tão forte, autoconfiante e altivo, agora à margem da cena, os olhos opacos. Logo mais ele se levantou e saiu, dirigindo-se aos fundos. Num impulso, o filho o seguiu:

– Pai...

Pascoal sentou-se num banco. E, pela expressão de derrota que exibia, Fausto supôs que estivesse envergonhado da própria fraqueza, da expressão de derrota que pela primeira vez deixava vir à face. Sempre fora um pai à antiga, enérgico, de uma força e uma vontade inquebrantáveis. Sua palavra tivera um peso terrível dentro e fora de casa; sua ex-mulher, Risoleta – a mãe de Fausto –, pouco discutira quando ele pedira a guarda do filho após o divórcio.

Aproximando-se, tocou-lhe os ombros. E viu o que nunca seria capaz de imaginar: o pai estava chorando.

O carro que partiu despercebidamente da frente do casarão levava ao volante uma mulher atônita. "Meu Deus", pensava Leonora, "em todos esses anos já passei por muitas situações de embaraço, mas nunca, nunca poderia imaginar que iria passar por um constrangimento desses...".

Lucimara tinha herdado do pai a maneira impetuosa de

tomar decisões. Ela – ou o marido, o que era mais provável – havia avaliado que não devia perder tempo para entrar com uma ação de paternidade, antes que a herança se dividisse entre a viúva e seus quatro filhos, acarretando perdas para ela, filha natural. Sem mencionar que, se houvesse um testamento, a parcela de que o empresário poderia dispor possivelmente já teria endereço certo àquela altura. E ninguém ainda falara em possíveis dívidas. Nessas ocasiões os credores caem em cima do espólio como urubus na carniça...

O único problema é que ela, Leonora, sofreria as consequências da impulsividade da filha: com certeza seria afastada sumariamente da convivência com a família e com a empresa, e isso não estava nos seus planos. Ela era uma peça muito mais importante do que os pobres herdeiros poderiam supor. Tinha planos, muitos planos...

Precisava acalmar-se. O tempo seria o seu melhor conselheiro.

Lá dentro, no casarão, o telefone soou. Nenhum dos presentes na sala de jantar fez menção de atendê-lo.

– O que mais falta acontecer...? – gemeu a viúva.

– Calma, mamãe. Não deve ser nada... – acudiu Débora, enquanto Arlete passava para a sala para apanhar a extensão.

– É um amigo do Henri... – chamou a empregada, que fora atender.

Henri e Ingra ainda circulavam pelo andar térreo naquela hora. Maria Clara, esquecida do novo sobressalto, voltou à conversa com a filha. Se não fosse por isso, talvez tivessem ouvido quando ele sussurrou ao aparelho:

– O que foi, companheiro?

– ...

– Ah!, agora é impossível. A situação por aqui não tá nada tranquila. Não dá pra sair sem causar alvoroço. Você não pode imaginar...

– ...

– Como, já sabe? A cidade inteira já...?

– ...

– Sei... tem uma fonte com o pessoal do fórum... E o que manda? – continuou sussurrando, com medo de ser ouvido. – Ah, a gente dá um jeito!

– ...

– Tudo bem, eu combino com eles. Tchau!

Sempre que o pai demonstrava estar lidando com um assunto delicado, um "assunto para gente grande", Fausto sabia que precisava se afastar, para deixá-lo conversar com a ex-esposa, os tios ou os avós. Agora, pela primeira vez, as coisas pareciam ser diferentes. Pascoal não havia feito menção de mandá-lo embora dali. Fausto acariciou outra vez os seus ombros e repetiu:

– Pai... Não está nada fácil, não é?

– É sempre assim, filho. Ninguém quer enxergar o lado bom das pessoas. Se tiver uma pontinha de unha assim de ruim, aí, pronto, é um prato cheio...

– É, pai, eu estou vendo...

– Olhe essa... Leonora. Como é que pode? Quem é que não estava vendo? A gente ficava quieto para não arrumar encrenca. Você pode imaginar como era o seu avô. Cabeça-dura, ninguém conseguia mudar suas convicções...

"Vovô era... indomável", pensou Fausto, num momento de ironia.

– Todos nós sabíamos das suas aventuras sentimentais, filho. Aquele irresponsável do JJ tem razão: seu avô era um homem sem limites, perdia a cabeça por qualquer rabo de saia... Principalmente em relação à Leonora, relacionamento que nunca aceitamos. Mas falar com ele era comprar briga, com Leonora ninguém mexia. Agora... deu nisso.

Fausto estava estarrecido. O pai nunca havia falado assim do avô.

– Mas não pense que seu avô foi só esse louco desvairado – completou Pascoal, erguendo o rosto e encarando o filho. – Fez muita coisa errada, eu sei. Mas tinha também um outro lado, de amigo leal, de homem de obras sociais...

"Obras sociais?", surpreendeu-se Fausto.

– Sabia que ele ajudou muito estudante pobre a se formar, filho? Vários engenheiros na empreiteira devem a formação ao seu avô. E pode ter certeza de que ele ajudava instituições de caridade muito mais do que a gente sabia...

Fausto se lembrou de que devia ao avô o gosto pela leitura. Quantas vezes, orgulhoso, ele não o chamava para conhecer as coleções da sua biblioteca, aquela mesma onde havia sido surpreendido pelo fogo?

– Só para você ter uma ideia, quando JJ partiu para a Europa pela primeira vez, dois outros jovens, bem mais pobres, puderam acompanhá-lo, graças à empreiteira. Um se formou em arquitetura em Madri, outro estudou artes plásticas em Paris, e hoje são grandes celebridades. Já o seu tio...

Nesse ponto, Pascoal foi interrompido por palmas que soavam às suas costas, num arremedo de aplauso. Quando pai e filho voltaram-se para trás, JJ comentou, irônico:

– Seria consciência pesada pelo dinheiro que ele ganhou no tempo da ditadura? O que não quer dizer que o hipócrita do velho não ganhasse até mais em tempos ditos democráticos...

– Ora, seu...! – reagiu Pascoal, voltando à sua atitude de sempre.

– Calma! – JJ estendeu o braço, conciliador. – Sou testemunha do que acabou de contar – completou, desarmando qualquer investida do primogênito.

Fausto não teve tempo de se admirar com o comportamento sóbrio, tão estranho em JJ. Voltando o olhar para o alto, como se obedecesse a alguma intuição, deparou com os acenos de Henri, que, ao lado de Ingra, o chamava da sacada.

Deixou o pai a conversar com o tio, esgueirou-se pelo avarandado do pátio e subiu as escadarias até onde se encontrava o primo:

– Novidades?

– Rildo Falcão ligou.

– Já? Mas acabamos de sair de lá.

– É que ele quer saber se a gente poderia voltar à redação do jornal amanhã – completou Henri. – Disse que precisamos conhecer uma certa pessoa.

– Claro – respondeu Ingra, que, em oposição a Fausto, parecia serena.

– Quem é a tal pessoa? – insistiu o primo. – Ele deu alguma dica?

– Nenhuma – foi a resposta de Henri. – Quem quer que seja, só vamos saber amanhã.

CAPÍTULO 9

Um clima estranho tomou conta dos três jovens, mas foi logo quebrado pela voz de dona Maria Clara, parada na porta que dava para a sacada.

– Ah, estão aí. É melhor descerem... Nós resolvemos algumas coisas e vocês precisam saber do que se trata.

Fausto, Henri e Ingra entreolharam-se. O que seria agora? Fausto ia correr atrás da avó para perguntar algo, mas o primo o segurou.

– Vai ver descobriram mais alguma coisa – disse Henri, baixinho, enquanto os três desciam as escadas. – Outro podre do vô...

Ingra balançou a cabeça com ar profético.

– Não é isso, não. Quanto querem apostar que eles vão nos tirar daqui? Com tanta encrenca acontecendo, vão querer a gente longe.

Antes que Fausto retrucasse, haviam chegado à sala e viram Arlete e a arrumadeira ajeitando várias malas junto à porta de entrada. Débora falava ao telefone e Plínio veio encontrá-los.

– Sua avó decidiu voltar para o apartamento no centro da

cidade. Pensamos que o melhor é vocês ficarem lá com ela. Eu, Pascoal e Débora continuamos aqui cuidando dos... problemas. O que acham?

Nenhum dos três queria separar-se dos pais ou afastar-se do lugar onde tudo acontecia; mas perceberam, pelo tom de Plínio, que a pergunta não esperava resposta negativa. Além disso, estando no centro, seria mais fácil tramar encontros com Rildo Falcão e investigar novas pistas.

– O prédio fica perto daquele quase-*shopping*... – disse Henri.

– E no escritório do apartamento tem aquele micro do vô, cheio de joguinhos pra *Windows*... – completou Fausto.

– Nós vamos, pai – finalizou Ingra com um sorriso para Plínio.

Débora, no outro extremo da sala, acenou para Henri.

– Filho, estou ao telefone com o seu pai. Venha falar com ele!

O rapaz correu para lá, ansioso por ouvir de novo a voz de Maurício. Havia esquecido como o pai tinha o poder de acalmá-lo... E, em meio ao turbilhão de encrencas em que a família Lorquemad rodopiava nos últimos dias, ele bem que podia desfrutar de alguns momentos de calma!

Pouco depois, ao anoitecer, o carro guiado por seu Tito deixava o bairro nobre onde se situava o casarão e levava dona Maria Clara, os netos e Arlete para o centro de Santo Antônio das Rochas.

Ingra franziu a testa quando atravessou o jardim do edifício e entrou no saguão, a caminho do elevador. Alguma coisa estava brotando em sua mente... Ela sentia que devia se lembrar de algo. Tinha a ver com o casarão e com aquele prédio. Por mais força que fizesse, não conseguia definir o que era. Precisava lembrar-se... era importante!

Entrando no enorme apartamento, Henri ajudou seu Tito com a bagagem. Fausto correu para a cozinha, lembrando-se das delícias que a cozinheira da avó costumava preparar quando os netos apareciam por lá.

– Gente! – sua voz veio, radiante, pelo corredor. – Achei um baita pote de doce de abóbora com coco e outro de doce de cidra!

Maria Clara sorriu e foi atrás dele. Arlete começou a levar as malas para os quartos. Mas Ingra não parecia ter ouvido ou notado nada. Henri olhou-a, preocupado. A prima estava parada na sala, em frente a um antigo quadro a óleo retratando o casarão que fora destruído, no Refúgio do Riacho. Tinha cara de quem vira um fantasma.

– Ingra! – ele disse, baixinho. – O que foi? Fala comigo!

E então ela relaxou, tirou os olhos do quadro e sorriu para o primo.

– Desculpe, Henri. É que eu finalmente consegui me lembrar.

– Do quê? – ele murmurou, confuso. Também olhara o quadro e não vira nada de mais.

A garota pegou uma de suas malas e foi andando pelo corredor até os quartos, sempre silenciosa.

– Depois do jantar – ela falou, afinal – a gente desce até o salão de jogos do prédio. Lá é mais seguro, e eu vou contar pra você e pro Fausto o que descobri. Ainda quero pesquisar umas coisas...

Henri ia insistir, mas outra voz, vinda da copa, chamou-lhe a atenção. Deixou a prima desfazendo a mala em um dos quartos e foi até lá. Deu com Fausto a servir-se de doce; a avó a resmungar sobre o que acontece com quem come doce antes do jantar; a cozinheira a trazer algumas terrinas da cozinha... e, ajudando-a, alguém de quem ele quase se esquecera naquele dia atribulado.

Suélen, a filha de Arlete.

A garota sorriu timidamente para ele. Estava ainda mais bonita que da última vez em que haviam se encontrado.

Maria Clara acendeu a luz do escritório e deu alguns passos vacilantes. Não entrava ali desde o dia da morte de João Carlos. Depois do incêndio, estivera com os filhos na outra casa. Mas não podia ficar mais lá... Eles que decidissem o que fazer. Ela já tinha aguentado muito. O incêndio, as dúvidas sobre a identidade do corpo, o escândalo com a modelo... depois os repórteres, o cinismo de Petrônio, o enterro e agora aquela bomba com a filha de Leonora.

Leonora... Não, não queria pensar nela agora. Nem no marido. Estava morto e enterrado. E ela não ia ficar lá, de jeito nenhum, enquanto Plínio analisava a tal lista dos bens e todos calculavam quanto valeria cada imóvel, cada cota de ações. Naquele momento desejava que todo o império que o marido construíra, com tantas ramificações, também estivesse reduzido a cinzas – como o velho casarão do Refúgio!

Passou o olhar pelo escritório. As estantes, a escrivaninha com gavetas fechadas a chave, o computador desligado. Os filhos viriam no dia seguinte, conforme fora combinado, examinar a papelada. Eles sabiam que, se algum documento importante queimara no incêndio, provavelmente encontrariam cópias naquele escritório, quase idêntico ao outro.

Sem hesitar, dirigiu-se para a estante. Tinha de estar ali...

– Aquele velho maníaco! – murmurou, não sem uma inflexão de carinho. – Exatamente no mesmo lugar em que ficava no casarão...

Tirou da prateleira mais alta uma velha Bíblia encadernada em couro. Na capa, bem gasta, havia uma impressão a ouro que poderia passar pelo símbolo da Santíssima Trindade. Uma espécie de triângulo... mas a viúva não prestou a menor atenção à capa do livro. Folheou-o e foi retirando, dentre as páginas, finos papéis dobrados ao meio, com versículos das escrituras marcados a lápis. Deviam estar ali há anos; apenas um deles, cujo branco contrastava com o livro amarelado, parecia ter sido guardado recentemente.

Maria Clara não se deu ao trabalho de desdobrar os papéis. Colocou-os no bolso, pôs a Bíblia no lugar e ia saindo do escritório, quando foi surpreendida pelos três netos, parados na entrada.

– Vó! – disparou Fausto, afobado. – Nós já jantamos, e agora vamos descer pro salão de jogos do prédio. Tudo bem?

— Não estão cansados? – ela perguntou, um tanto depressa demais, afundando a mão no bolso. – Deviam ir para a cama...

— Não vamos demorar muito – assegurou Henri. – Só queremos conferir os jogos eletrônicos novos que instalaram lá.

A avó tentou disfarçar o alívio. Por algum motivo, julgara que eles a tinham visto mexendo na Bíblia.

— Podem ir, mas não demorem muito pra subir. Já é tarde...

Os três seguiram para o elevador e ela foi para o quarto, dando um suspiro. A cozinheira, Arlete e a filha tinham se recolhido aos seus quartos. A arrumadeira não dormia ali, nem o motorista. Ela teria sossego para examinar o que encontrara e decidir o que fazer daquilo. Pela primeira vez, depois da morte de João Carlos, começava a sentir-se segura.

Só não sabia que Ingra a vira guardar os papéis no bolso, quando entrara no escritório. E que a neta, mais do que ninguém, sabia ler no rosto e nas atitudes das pessoas as emoções que tentavam esconder.

Fausto foi direto para o canto do salão onde estavam ligados os jogos eletrônicos. Acionou um deles, selecionou um *game* e logo todos ouviram a musiquinha enjoada que acompanhava o velho *Mortal Kombat*. Ingra tapou os ouvidos e Henri torceu o nariz.

– A gente não veio jogar de verdade, ô cara! Viemos conversar sobre a nossa investigação.

– Eu sei disso! Mas é melhor disfarçarmos. Se alguém entrar de repente, não vai ouvir nada do que a gente disser.

– Tá bom... – concedeu o outro. – E afinal das contas, Ingra, o que foi que você descobriu?

– Vocês viram como a vó ficou nervosa quando viu a gente? – ela falou, enquanto tirava do bolso um caderninho e um papel dobrado.

– Ela parecia estar escondendo alguma coisa no bolso. Mas que diabo é isso? – Fausto perguntou, mexendo no papel. – Parece um mapa...

Ingra assentiu com a cabeça.

– É aquele mapa turístico de Santo Antônio das Rochas. Lembram? O vô me mostrou há anos... Perguntei pra dona Arlete onde estava e ela pegou pra mim no bufê da sala.

– Eu me lembro, mas e daí? – perguntou Henri, intrigado.

– Daqui a pouco eu explico. Primeiro, tem outra coisa. Quando a gente entrou no prédio, vocês notaram que a parede da frente, que dá no saguão, tá coberta pela hera?

Os dois rapazes entreolharam-se, achando que a prima havia enlouquecido. Ela não estranhou a reação e continuou:

– Pois é. Fazia tempo que eu não vinha aqui, e tinha uma coisa na minha cabeça que ligava este prédio com o casarão e com o Refúgio do Riacho. Alguma coisa parecida nos três lugares...

– Como é que aquela casa tão antiga podia ser parecida com isto aqui? O prédio não é dos mais modernos, mas comparado com o Refúgio...

– Aí é que está! – Ingra estava cada vez mais entusiasmada com as próprias descobertas. – Foi a construtora do vô que ergueu este prédio. Ele costumava dizer que foi um dos primeiros da cidade, construído num terreno da família. Quando a hera não tinha coberto a parede, dava pra ver um alto-relevo ali, como se fosse um enfeite. Pois eu posso jurar que no casarão tinha um igualzinho na parede, em cima da porta da entrada!

Henri franziu a testa. Ele se lembrava de algo assim... mas fazia tanto tempo! Fausto abanou a cabeça.

– Nunca prestei atenção nesse tipo de coisa. Eu sei que os dois casarões eram do vô. Mas foram reformados, se tinham o tal relevo na parede, não têm mais.

– Exatamente. E vocês nunca repararam que a disposição dos cômodos, no casarão e no Refúgio do Riacho, é a mesma? Tem o salão na entrada, a sala de jantar e almoço pra direita, a sala de estar e o escritório pra esquerda, com a estante no fundo... Até o apartamento segue esse desenho!

Os olhos de Henri se iluminaram.

– É verdade!

– Pois então – concluiu a garota –, os três lugares têm muita coisa em comum. E tenho certeza de que os três tinham, na entrada, o tal símbolo.

– O do casarão pelo menos a gente nunca mais vai ver. Ele queimou inteiro, meu pai disse – comentou Fausto.

– Vocês estão esquecendo que de tudo na vida existe registro. Fotografias... e quadros.

A imagem do quadro retratando a casa queimada, na sala do apartamento, se fez presente na lembrança dos três primos. Uma paisagem singela, com árvores e a casa ao meio. Na parede, sobre a porta da frente, pequeno enfeite entre as primaveras em flor que o artista pintara.

Um triângulo com os vértices interrompidos.

– Mas por quê... – começou Fausto, visualizando mais uma vez o papel do avô com o símbolo desenhado.

– Como a gente não se lembrou desse detalhe na fachada da casa antes? – disse Henri.

– Porque para nós não fazia diferença. Podia ser o desenho de um urso, ou um distintivo de time de futebol. Não significava nada para nós naquele momento, por isso passava batido. Agora, significa...

Ingra suspirou.

– Quando eu entrei no apartamento e vi o quadro, me lembrei dos desenhos em relevo. Fiquei pensando em triângulos, aquilo não saía da minha cabeça... Foi por isso que pedi o mapa à Arlete. Olhem aqui.

Ela abriu o mapa sobre o console do *game*, que continuava rodando a *demo* de *Mortal Kombat* ao som da irritante musiquinha.

– Aqui é o centro da cidade. O prédio fica a poucos quarteirões da igreja, mais ou menos por aqui.

E mostrou uma marquinha que fizera a lápis no papel.

– Já entendi! – berrou Fausto, correndo um dedo no mapa e dando com outra marca a lápis. – Aqui fica o outro casarão, no bairro que hoje eles chamam de "Jardim Zurique".

– E por aqui – murmurou Henri –, na estrada que vai pra zona rural, fica o Refúgio do Riacho.

– Vocês repararam? – completou Ingra, apontando para uma terceira marca de lápis. – Os três pontos marcam três propriedades do vô, marcadas com o mesmo símbolo. E ficam à mesma distância um do outro! Eu medi o mapa, enquanto vocês ficavam se entupindo de doce e paquerando a Suélen depois do jantar. Forma um triângulo equilátero exato...

– Era tudo de que eu precisava nas férias – resmungou Fausto com uma careta. – Lembrar das aulas de desenho geométrico!

Henri enrubesceu à menção de Suélen, mas fixou o olhar no mapa, cada vez mais interessado.

– Isso é incrível! É como se o vô João Carlos estivesse demarcando um território.

– Podemos também olhar os álbuns de fotografia da vó Clara... tem retrato de tudo, lá – lembrou Fausto. – Deve ter muitos do prédio e das casas.

A prima tirou outra coisa de dentro do caderninho.

– Eu já adiantei esse serviço... Aproveitei que a Arlete abriu o bufê pra achar o mapa, e fucei num envelope cheio de fotos. Só achei uma que interessou. Mas deem só uma olhada nela!

Era uma fotografia muito antiga do casarão no Jardim Zurique. A casa, rodeada por árvores ainda pouco crescidas, fora fotografada quase no mesmo ângulo em que o artista pintara o quadro do Refúgio do Riacho. Olhando bem de perto, Henri e Fausto logo notaram o que Ingra indicava.

Na parede sobre a porta havia um desenho decorativo, em relevo. Um triângulo, em que as pontas não se tocavam.

Ficaram olhando aquilo em silêncio por um bom tempo, enquanto a música enjoada do Mortal Kombat enchia o salão de jogos.

CAPÍTULO 10

Na manhã seguinte, quando os primos, depois de despistar seu Tito outra vez, chegaram à redação do jornal *A Verdade*, encontraram Rildo Falcão em companhia de uma mulher estranha.

O jornalista apressou-se em apresentá-la:

– Garotos, esta é Anderlisa, a investigadora encarregada pelo doutor Antunes, o delegado responsável pelo caso, de fazer o levantamento de todas as pistas possíveis... Contei a ela as informações que vocês me trouxeram; ela então concordou com este encontro.

– Anderlisa? Que nome estranho! – Riu Fausto, ao mesmo tempo que levava uma cotovelada de Henri.

A investigadora devolveu na hora:

– É, antes que perguntem: meu pai era Anderson e minha mãe Elisa. Mas até que o meu nome não é tão feio assim; há piores.

– A senhora desculpe, o meu primo é muito impulsivo – falou Henri, educado como sempre.

— Esquece, garoto. É como aquela história: "serviço de criança é pouco, mas quem rejeita é louco". Vocês, segundo o Rildo, têm subsídios para a investigação...

Fausto engoliu em seco à menção da palavra **criança**. Aquela mulher era durona, melhor ir devagar.

— A gente gostaria de ajudar, se possível — interrompeu Ingra.

— Não é um procedimento normal — declarou Anderlisa. — Mas confio no meu instinto e na seriedade do Rildo. E vocês vão prometer: o que for dito, ficará em sigilo. Caso contrário, negarei tudo. Nunca estive aqui, entenderam?

— Legal! — vibrou Fausto, já esquecido da gafe. — Igualzinho àqueles filmes do FBI onde as testemunhas são levadas para locais ignorados...

Anderlisa olhou de soslaio para aquele rapazinho impertinente que tivera a audácia de rir do seu nome. Mas os três primos pareciam inteligentes. E quem sabe até ajudariam.

Ingra também sentiu empatia pela investigadora. Seu instinto dizia que era uma mulher determinada; iria até o fim na obtenção de pistas sobre a morte de JCL e o possível assassino. Vendo Fausto emburrado e Henri tímido, contou aos dois as descobertas da noite anterior.

A investigadora sacou do bolso uma caderneta e, abrindo-a, falou:

— Vamos recapitular os fatos. Vítima: João Carlos Lorquemad. Empreiteiro conhecido em todo o país, homem poderoso, detentor de grande fortuna. Proprietário de casas, apartamentos, fazendas e um latifúndio onde há, inclusive, um aeroporto para aviões de pequeno e médio porte.

— Uau! — admirou-se Fausto, levando outra solene cotovelada do primo.

Anderlisa continuou, indiferente ao comentário do garoto:

— O cidadão em questão deixa o seu apartamento, certa noite, dizendo à mulher que iria buscar uns documentos no casarão de sua propriedade. Ao contrário do que costuma fazer, ele dispensa o motorista e vai dirigindo o próprio carro. Na chácara, além de JCL, consta que se encontra apenas o caseiro substituto, Jaime Pastor. À noite o casarão pega fogo. Entre os escombros, aparece um corpo carbonizado. Perguntas: 1) O cidadão foi ao casarão de livre e espontânea vontade ou atraído por alguém? 2) O incêndio foi acidental ou criminoso? 3) Ficou comprovada a identidade do corpo? 4) Caso se configure um incêndio criminoso objetivando um assassinato, quem seria o criminoso ou o mandante do crime? 5) Prováveis suspeitos: a) o caseiro (ele tem um álibi convincente?); b) inimigos; c) amigos ou até mesmo familiares.

– Espere aí! – interrompeu Fausto, antipatizando de cara com Anderlisa. – A senhora está tentando dizer que alguém da família poderia estar envolvido na morte do vô? Esse é o maior absurdo que eu já ouvi na vida...

– Você é ainda muito jovem, meu rapaz. Quando há dinheiro em jogo, tudo é possível. Há, é claro, a hipótese de o incêndio ter sido acidental; mas, de acordo com as informações passadas pelo Rildo Falcão, JCL fora ameaçado de morte, o que transforma o incêndio num provável ato criminoso. Se isso ficar comprovado, a pergunta essencial é: **A quem interessaria o crime?**

– Pode crer que a muitas pessoas – completou o jornalista, que ficara em silêncio até então. – JCL era um homem de personalidade complexa. Assim como era adorado por alguns, era odiado por outros.

– Devemos ter ainda em mente – continuou a investigadora – o fato de o corpo ter sido enterrado às pressas pela família. Por que não contataram o dentista, doutor Eduardo, para confrontar a arcada dentária do corpo com radiografias?

– Pelo que eu sei, ele está na Europa – disse Henri. – Talvez a minha avó e os outros quisessem acabar logo com essa tragédia toda.

– Muito conveniente – devolveu Anderlisa. – Aliás, eu já liguei para o consultório do doutor Eduardo. A secretária disse que ele deve retornar logo. Se for o caso, pediremos a ficha de JCL e suas radiografias para a identificação...

– Mas daí precisariam reabrir o túmulo... que horror! – disse Ingra, um calafrio percorrendo suas costas.

– Se for necessário, pediremos uma ordem judicial para a exumação. Pode ser apenas uma coincidência o fato de JCL ter morrido exatamente quando o seu dentista estava viajando... porém não devemos perder nenhum fio desta meada...

– Mas, se não for coincidência, se o dentista saiu do país exatamente no momento do crime, o doutor Eduardo pode ser um cúmplice... – espantou-se Rildo Falcão.

– Isso se o criminoso quisesse esconder a identidade do morto para confundir a polícia e ganhar tempo para escapulir. Mas há outra hipótese ainda – falou Anderlisa, olhando direto para os garotos. – Sinto muito, mas é minha obrigação alertá-los, sob sigilo, claro!

"Fala de uma vez, sua bruxa!", pensou Fausto, segurando-se para não gritar...

A investigadora concluiu seu pensamento:

– Há também a possibilidade de que o avô de vocês tenha planejado todo esse esquema, simulado a própria morte. O corpo encontrado seria o de um laranja, alguém colocado no lugar para despistar a polícia. O dentista então seria cúmplice do seu cliente, JCL, viajando justamente na época combinada, para impedir um reconhecimento da arcada dentária do morto!

– Impossível! – gemeu Henri, sem acreditar muito nas próprias palavras. – Vovô não chegaria a tanto... Por que faria isso?

– Para livrar-se da ameaça de morte, escapar de chantagens, há um leque imenso de possibilidades, garoto. Também preciso entrar em contato com a seccional da capital encarregada da investigação do suicídio da tal modelo, a Francesca Smiran, que dizem ter sido "namoradinha" do seu avô. Se foi ela que disparou a arma que a matou, deve ter traços de bário e antimônio nas mãos. Esse exame é definitivo em casos que tanto podem ser suicídio... como homicídio.

– *My God!* – gemeu Rildo Falcão.

– E tem mais. Se JCL não fosse tão rico, poderíamos aventar a hipótese de a viúva ser cúmplice dele, na suposta morte, para receber um alto seguro de vida... – concluiu a investigadora, implacável.

– Chega, já ouvimos demais! – Descontrolado, Fausto pulou como se fosse acionado por uma mola. – Isso tudo é loucura!!!

– Veja como fala, rapazinho. Se não tem estrutura para aguentar a verdade, pule fora do barco antes que a maré suba – disparou ela, objetiva.

Rildo Falcão tentou serenar os ânimos:

– Calma, gente, Anderlisa só está fazendo o trabalho dela. Ela tem de analisar todas as possibilidades... ainda que isso pareça cruel para vocês.

– Só por curiosidade: se vovô tivesse mesmo simulado a sua morte, onde ele estaria agora? – arriscou Henri, enquanto Fausto o olhava feio e Ingra sentia uma angústia estranha.

– Ora, talvez em alguma ilha do Caribe – respondeu Anderlisa. – E, pelo que ouvi falar até agora, em boa companhia. E tem mais: a Polícia Federal vai entrar na investigação. Ela só é acionada em casos especiais, como contrabando ou tráfico de drogas. Sinto informá-los, mas um dos latifúndios de JCL fica próximo à fronteira com um país tradicionalmente ligado à produção de drogas; se o aeroporto da fazenda fosse usado numa rota de tráfico...

Foi a gota d'água. Sobressaltados com tantas hipóteses ameaçadoras, os primos fizeram uma rodinha num canto, para pôr as ideias em ordem.

Saíram logo a seguir, ansiosos e ainda mais apaixonados pelo assunto. Descobrir a verdade era agora questão de honra. Preferiam saber que o avô fora morto a julgá-lo capaz de ato tão aberrante: planejar a própria morte para fugir do país, deixando apenas dor e vergonha para a família...

Chegaram ao apartamento da avó. Quando iam entrando no edifício, o porteiro, de dentro da guarita, chamou por eles:

– Garotos, por favor, preciso falar com vocês...

Fausto aproximou-se meio de má vontade, enquanto Henri e Ingra esperavam. O porteiro, por sua vez, deixou a guarita seguido por um menino...

Henri e Ingra viram Fausto discutir com o porteiro, enquanto o outro garoto permanecia em silêncio.

Curiosos, aproximaram-se. Ainda escutaram Fausto dizer:

– Mas eu não posso me responsabilizar por esse garoto, que absurdo!

– O que está acontecendo? – perguntou Ingra, aflita. Algo dentro dela dizia que o assunto era de extrema gravidade.

O porteiro parecia aflito também.

– Este menino insistiu em esperar vocês... Eu não quis incomodar a dona Maria Clara, esperei que chegassem...

Fausto, Ingra e Henri contemplaram o garoto, que parecia satisfeito com a situação. Sorridente, ele se apresentou:

– Meu nome é Bruno, sou primo de vocês: filho da Lucimara e neto da Leonora. Fugi de casa pra conhecer a família do meu avô. Não foi difícil descobrir este lugar. Vocês são bem conhecidos por aqui, né?

CAPÍTULO 11

Bruno tinha feições miúdas e era um pouco mais jovem que os outros três. Seus olhos esverdeados eram vivos e enigmáticos. Henri olhou para a prima, sussurrando:

– Será verdade?!

Ingra, sentindo um pouco de tontura, nada respondeu. Foi Fausto que encarou a expressão altiva de Bruno e retrucou, raivoso:

– O que você quer aqui? Quer tumultuar ainda mais o ambiente, é?

– Calma! – pediu Henri, impedindo-o de iniciar uma discussão.

Num tom de voz inalterado, Bruno continuou:

– Vim aqui principalmente pra conhecer meus primos. Como sabem, minha avó é secretária do vô João Carlos há muitos anos e talvez seja a pessoa que mais conheça a vida dele...

Nenhum dos três teve ânimo de interromper.

– Minha mãe Lucimara nunca foi tratada como filha pelo nosso "querido" avô, mas sabe tudo a respeito da família. E meu pai também. Eles vêm sempre a Santo Antônio das Rochas, têm algumas amizades por aqui...

– E por que não apareceram antes? Esperaram o vovô morrer pra virem disputar a herança, não é? – reagiu Fausto, avançando sobre o rapazinho e sendo detido a tempo por Henri.

– Eu só quero saber a verdade sobre a morte dele – disse Bruno, mantendo uma calma incrível. – E parece que vocês também. Foram atrás do Rildo Falcão pra escarafunchar a vida e a morte dele, não foram?...

– Você tem estado seguindo a gente? – foi a vez de Henri reagir.

– Me largue que eu vou dar umas *bifas* nesse carinha atrevido! – insistiu Fausto.

Desta vez foi Ingra que o impediu. Bruno não parava de falar.

– Como eu já disse, sei que andam fazendo umas... investigações. Sabem como é, a cidade é pequena e estou hospedado na casa de uma dessas amigas que a minha mãe arrumou por aqui. Uma família legal, muito simples, ao contrário da grande família Lorquemad...

– Se for pra continuar falando nesse tom, eu não tenho nada mais a conversar. Estou subindo. Tchau! – respondeu Fausto, afastando-se em direção à porta de vidro fumê da entrada do edifício.

– É uma pena! Parece que ele não gostou nem um pouco do novo primo... – murmurou Bruno.

– Se você não fosse tão metido e cheio de gracinhas, talvez a conversa pudesse ter sido melhor – respondeu Ingra, calma.

Henri olhava-o ainda incrédulo. A ideia de que o avô tivera amantes já era algo bastante desagradável. A entrada de Leonora e Lucimara na história, assim de supetão, havia sido terrível. Era um novo ramo da família que se colava incomodamente à árvore genealógica dos Lorquemads. Primeiro uma tia desconhecida; e agora, para completar, aparecia um primo antipático. Com certeza ele se achava no direito de gozar do prestígio dos Lorquemads...

O rapaz fez força para não pensar como Fausto. Bruno não tinha culpa alguma por haver nascido. O problema era ele haver se apresentado daquela maneira, agressiva e cínica.

– Está bem – disse o novo primo, baixando a voz. – Uma das coisas que eu pretendia era ajudar nas investigações...

– Vai ser um pouco difícil, Bruno – respondeu Henri, já se sentindo mais seguro. – Vamos atravessar a rua? Lá naquela pracinha tem uns flamboaiãs com uma sombra legal.

– Ótima ideia – disse o filho de Lucimara. E prosseguiu, enquanto cruzavam a rua: – Como eu falei, minha mãe e meu pai sempre acompanharam a vida de JCL... E, desde a época em que fiquei sabendo quem era o meu avô, eu coleciono recortes de jornal sobre ele.

– Você acha que tem mesmo alguma informação pra ajudar a gente? – perguntou Ingra, tentando realmente vencer suas barreiras e ser gentil.

– Tenho, e vou direto ao assunto. Como já perceberam, detesto rodeios. Já ouviram falar de Mondraquezi?

– Hum... não! – Henri foi o primeiro a responder, seguido pela prima.

– Acho que não poderiam mesmo. Eu ouvi falar nele pela primeira vez nas conversas de meu pai com minha mãe. O nome me deixou curioso, e foi então que eu descobri uma coisa engraçada...

– Ingra arregalou os olhos, surpresa.

– Você descobriu ligações entre ele e o nosso avô?

– Mais do que ligações – respondeu Bruno –, descobri coincidências demais. Quando algum artigo fala sobre os negócios da Construtora JCL, Mondraquezi é citado. Aparece em concorrências, inaugurações, coquetéis, entrevistas... O homem está em todas.

– É estranho, nós nunca ouvimos falar no nome dele – reforçou Henri.

– Pois, quando olharem os meus recortes, vocês vão concordar comigo. É um sujeito esquisito, usa sempre uma capa comprida e tem um apelido: *"el brujo"*... porque, segundo eu li, faz as suas "bruxarias"...

Aquelas notícias tiveram um efeito estranho em Ingra. Vencida por súbita tontura, deixou-se cair no banco sob a árvore.

– Eu tenho de ir agora. Acho que já fiz estragos suficientes por hoje...

– Espere! – pediu Henri, sem saber se acudia a prima ou se continuava a falar com Bruno. Afinal, vendo que Ingra não perdera os sentidos, emendou: – O que você acha que tudo isso tem a ver com a morte do vovô?

– Muita coisa. Talvez mais tarde a gente possa continuar o papo. Se resolverem que vale a pena um novo encontro, procurem por mim aqui mesmo no fim da tarde. Posso trazer meu álbum de recortes, e vocês vão ver que o tal Mondraquezi esteve várias vezes em Santo Antônio... e que ele dizia pertencer a uma tal "Sociedade do Triângulo". Agora, tchau!

Henri não tentou detê-lo mais, pois agora era Bruno que estava decidido a encerrar a conversa, levada tão a contragosto pelos primos. Além disso, precisava ajudar Ingra.

– Como você está?

– Não foi nada... Só tontura. Acho que foi o sol na cabeça.

– Sabe de uma coisa, Ingra? Já tou começando a achar que a gente devia mesmo era ir embora daqui e esperar a tormenta passar, pra ver o que é que sobra do naufrágio...

– O problema é que nossos pais continuam aqui, e lidando com o caso. Além dos problemas do inventário que têm pra resolver, provavelmente serão ouvidos pela Polícia Federal.

– Triângulo!

– O quê, Henri?

– Triângulo! Agora que eu me toquei: o carinha falou de uma tal Sociedade do Triângulo! Viu? Estamos encontrando triângulos por toda a parte.

– Eu não percebi, estava tonta. Será que vovô também pertencia a ela? O Rildo bem que falou em sociedades secretas...

– Sei lá, mas vamos descobrir. E aí, Ingra? Está melhor? Vamos subir?

Maria Clara já havia almoçado e estava descansando em seu quarto. Ingra entrou na frente e correu a apanhar o caderninho de anotações. Precisava escrever muita coisa, impressões, intuições, fatos, antes que algo ficasse esquecido. Atrás dela, Henri fechou a porta.

– Fausto não quis almoçar, disse que ia esperar por vocês... – falou Arlete, entrando na sala.

– Então a senhora pode servir daqui a quinze minutos... – disse Henri, procurando por Fausto. Encontrou-o na porta da sala de TV, com expressão contrariada.

– Que belo "traíra" você tá me saindo, hein? – despachou ele.

– O quê?

– Isso mesmo! Primeiro, aquele seu amigo Rildo Falcão foi dando o serviço completo pra investigadora logo de cara...

Preocupado com a possibilidade de serem ouvidos pela avó, os empregados ou algum tio chegando inesperadamente, Henri empurrou o primo para dentro da sala de TV. Ingra os seguiu.

– De jeito nenhum – argumentou Henri. – A gente tinha obrigação de passar esses dados pra polícia. E ao mesmo tempo, como uma mão lava a outra, a Anderlisa e o Rildo podem compartilhar as suas descobertas...

– A gente se expôs demais. Daqui a pouco a polícia vai saber de todos os suspiros da nossa família. E você não acha que o Rildo devia ter consultado a gente antes de chamar aquela... fulana? – continuou Fausto, ainda alterado.

– Tá, eu até acho que você tem razão, primo. Mas as coisas tão acontecendo muito rápido e sem a polícia talvez a gente nunca consiga descobrir a verdade. Além disso, confio muito no Rildo Falcão, ele é honesto. E disse que a Anderlisa é uma velha amiga dele. Parece uma investigadora determinada. Sinto que ela não vai deixar a gente na mão...

– E precisava me deixar subir sozinho pro apartamento enquanto o senhor e a dona Ingra ficavam dando trela àquele desaforado...?

– Está com ciúme, primo? – indagou a garota, irônica.

– Vamos esquecer isso, gente. O almoço tá na mesa... – convidou Henri. – E o Bruno contou umas coisas muito interessantes...

Fausto sorriu irônica e amargamente:

– Também tenho coisas muito interessantes pra contar. E espero que agora não seja você a ficar com ciúme, Henri. Porque acabei de bater um longo papo com a sua amada Suélen e soube de mais uma novidade...

Henri não conseguiu disfarçar a contrariedade que lhe alterou o semblante. Fausto emendou:

– ... que na quinta-feira da semana passada meu pai esteve aqui em Santo Antônio das Rochas e teve um encontro com vovô lá no Refúgio.

– Mas e daí? Qual o problema? – disse Henri.

– Tente acompanhar meu raciocínio, primo: **essa visita foi secreta**. Ninguém mais sabia, só papai e vovô. Até vovó foi pega de surpresa e a Arlete, que é mãe da sua amada, foi levada pra lá às pressas para servir um almoço de última hora. Eles ficaram a tarde toda conversando na biblioteca. Entendeu? Sabe o que ele disse pra mim? Que tinha ido a Vitória fazer uma negociação.

– Será que vovó sabe do que eles trataram?

– Ela não participou de nada, segundo a Suélen – completou Fausto, sempre em voz baixa. – Agora, imaginem o que rola na minha cabeça: papai se encontrou com vovô na quinta-feira. Na madrugada da terça, vovô aparece morto, talvez assassinado.

Quer dizer, será que meu pai não tá marcado para ser o próximo...?

– Calma, Fausto! – pediu Ingra, vendo que o primo estava quase se descontrolando outra vez. – Não podemos perder a cabeça. Vamos almoçar, depois descansar, procurar uns jogos legais no computador do vovô...

– Isso até a polícia resolver confiscá-lo, você quer dizer. Porque as coisas não param de acontecer. Ouçam outra coisa que a Suélen ouviu dona Arlete falar e me contou: o caseiro substituto, o tal Jaime Pastor, que estava no Refúgio na noite do incêndio, sumiu. Sem deixar o menor vestígio. Nossa amiga investigadora não se deu ao trabalho de nos contar isso...

Henri nem prestou atenção à notícia direito. A novidade anterior já o havia abalado o suficiente. O tio Pascoal tinha uns lances tão estranhos! Estava impressionado com a sagacidade de Suélen, e pensou nisso com uma pontinha de alegria. Esse assunto poderia servir de pretexto para conversarem mais.

– Que mais ela contou? – indagou Ingra.

– Nada. Disse que, na situação dela, o silêncio é de ouro.

– Talvez ela fale comigo... – propôs a garota. – Hoje à tarde posso convidá-la pra um sorvete e falar de mulher pra mulher. Aposto que ela abre mais o jogo.

Os dois primos fizeram cara de "quem sabe?".

– Bem, vamos almoçar, então? Isso tudo abre o apetite de qualquer um. Acho que hoje vai ter um pernil defumado, delicioso... – chamou Henri, saindo para o corredor.

– Vamos. Depois a gente combina uma estratégia pra esta tarde. E eu acho que vou passar horas escrevendo neste caderninho... – respondeu Ingra, puxando Fausto, ainda perturbado, pelo braço.

CAPÍTULO 12

Pouco depois do almoço, Leonora saiu de uma pequena casa, encravada no bairro mais antigo de Santo Antônio. Fechou o portão com um suspiro. A casa parecia muito velha; não era pintada há um bom tempo, e ela preferia assim – atraía menos atenção. Não era um bairro requintado como o Jardim Zurique, onde ficava o casarão, mas era seguramente mais aconchegante. Apenas os moradores mais velhos da cidade sabiam ter sido ali a moradia de João Carlos, quando começara na política e às vésperas de iniciar o que seria, mais tarde, a imensa empreiteira. Há décadas doada por ele à fiel secretária, o imóvel agora abrigava apenas uma senhora idosa, dona Caluza, uma espécie de governanta; e Leonora só passava ali os períodos em que trabalhava na cidade. Era seu refúgio, como o do Riacho o fora para JCL.

A secretária seguiu apressada para os escritórios da empreiteira, ali perto. Nunca entendera por que João Carlos insistia em manter a sede da empresa naquela cidade. "Esta é a minha raiz", ele costumava dizer. Ela, contudo, preferia a matriz de São Paulo, de onde partiam as ordens do empresário para todo o Brasil. Extraoficialmente, porém, ele tomava a maioria das decisões enterrado "naquele fim de mundo", como Leonora ironizava.

Entrou no prédio e cumprimentou os funcionários, tentando ignorar os olhares que alguns lhe lançavam. Desde a véspera que boatos sobre o processo de paternidade movido pela filha pairavam ali, como na cidade inteira. Ela não voltara ao casarão, permanecera no escritório finalizando os relatórios que começara com Plínio e Pascoal. Estavam quase terminados; ela ansiava por entregar logo tudo aquilo nas mãos deles e voltar à capital. Precisava, com urgência, falar com Lucimara. Mas não queria telefonar... teria notícias no dia seguinte, de qualquer forma. Podia esperar para falar com ela pessoalmente.

— Dona Leonora, doutor Plínio acabou de ligar — disse uma das secretárias. — Ele e doutor Pascoal estão vindo pra cá.

A outra congratulou-se por ter deixado toda a papelada em perfeita ordem. Logo estaria livre daqueles encontros com a família. Notou, então, que a funcionária não parara de falar.

— ... Estranho é que uma moça ligou três vezes pra cá, mas não se identificou. Eu não quis dar o telefone de sua casa. Ela vai ligar de novo.

Leonora agradeceu e dispensou-a. Quem ligaria sem se identificar? Podia ser tanta gente... Começou a ficar preocupada.

Então o telefone tocou novamente. Com o coração aos pulos, ela esperou.

— É a mesma pessoa, dona Leonora. Quer falar com a senhora.

— Pode transferir.

Ouviu, num sobressalto, a voz clara do outro lado da linha.

— Mamãe? Até que enfim. Tentei ligar pra sua casa, mas o telefone deve ter mudado; uma gravação diz que aquele número não existe! E como você insiste em não carregar um celular...

— Lucimara? Filha, não combinamos que você nunca devia...

— Ligar pra Santo Antônio, já sei. Mas é uma emergência, mãe! O Joenir viajou, e eu estou tentando contatar você desde ontem. É o Bruno. Ele sumiu!

— O quê???

Não muito longe dali, um carro parou junto ao edifício. Débora desceu. Pascoal, ao volante, esperou que Plínio passasse para o banco da frente.

— Voltamos para cá no fim da tarde, mana — disse o irmão mais velho. — Tem certeza de que você consegue entrar no sistema?

A mãe de Henri sorriu para o irmão mais velho.

— Tenho filho adolescente, Pascoal. Aprendi informática na marra. E quanto às gavetas e arquivos, mamãe tem todas as chaves. Quando acabarem a tal reunião, venham pra cá, e a gente faz uma triagem da papelada.

O carro partiu rumo à sede local da Construtora e Empreiteira.

Débora foi para o saguão, pensando na difícil tarefa de Plínio e Pascoal: enfrentar Leonora. Lembrou que a mãe desejara despedir a secretária imediatamente, porém Plínio achava que isso só iria piorar a situação. Afinal, ela sabia de muita coisa sigilosa... era preciso ter cuidado, ao menos por enquanto.

O elevador chegou e ela subiu. Maria Clara a esperava.

Débora aproveitou para matar as saudades de Henri e aceitou um cafezinho oferecido pela mãe na copa; Ingra fez um sinal para Fausto. Os dois se encontraram num canto da sala de TV para confabular.

– Ela vai entrar nos arquivos do computador do vô. Era bom você estar junto. Se aparecer alguma coisa interessante no micro... já sabe.

– Deixa que eu copio num *pen drive* – ele sorriu, conspirador.

– Ótimo – concordou a prima. – Eu vou sair com a Suélen, pra ver se ela sabe algo mais do que contou pra você. E o Henri logo vai encontrar o tal do Bruno na pracinha.

Fausto fez uma careta.

– Ainda não me convenci de que podemos confiar no carinha. Não sei não, esse papo do tal sujeito que ele falou, como é mesmo o nome?

Ingra deu de ombros.

– Mondraquezi. Confiando ou não, precisamos ficar de olho nele. Pra essas coisas o Henri é bem mais diplomático que você... Falando nisso, veja se, quando encontrarmos o Rildo e a Anderlisa, você fica com a boca fechada. Por mais durona que ela pareça, pode ajudar bastante.

O primo ia responder com outra careta, mas viu a tia entrando no escritório e tratou de segui-la, com uma piscada de olho para a garota.

– Tia Débora! Quer ajuda? Eu sou fera em *Windows*, se precisar de mim pra acessar diretórios e arquivos de computador...

Enquanto isso, Henri entrava na sala de TV.

– Tudo certo, Ingra. Disse à mamãe que vamos tomar sorvete com a Suélen. Falou com ela?

– Já. E a minha intuição me diz que a garota ficou ansiosa, quando eu sugeri uma conversa "de mulher pra mulher". Aí tem coisa...

– Vamos, então. O Bruno logo vai estar no ponto de encontro. Temos pouco tempo pra aproveitar o sorvete!

Um olhar maroto da prima mostrou que ela lia seus mais profundos pensamentos. Ele queria aproveitar é para estar com Suélen...

Maria Clara viu pela janela da sala Henri, Ingra e Suélen atravessarem a rua e entrarem numa sorveteria na esquina de baixo. Tudo lhe pareceu normal.

No escritório, Débora inicializara o computador. Ao lado da tia, Fausto observava; ela clicava nos ícones e verificava os conteúdos.

– Nos diretórios de documentos estão listados contratos, cartas, faxes, orçamentos. Não olhei um por um, mas parecem relacionados à empreiteira. Tem também uns bancos de dados

aqui: mala direta, fornecedores e um histórico de operações bancárias.

Ela conseguiu clicar e entrar em todos os ícones, menos em um. Não era programa ou pasta de arquivos; quando pousava nele o *mouse*, surgia uma caixa de diálogo com duas opções: "**abrir**" e "**cancelar**". Porém, ao escolher "**abrir**", entrava outra caixa, desta vez com a mensagem "digite sua senha" seguida de um campo em branco. Débora olhou para Fausto, atento a seu lado. O rapaz arregalara os olhos quando vira que o ícone... era um triângulo!

– Sabe o que é isto, meu sobrinho? Eu não consigo entrar.

Ele logo percebeu do que se tratava: uma pasta protegida! O ícone do triângulo devia ser um diretório cheio de arquivos secretos como o papel que vira anos atrás! Para entrar no diretório, porém, era necessário saber a senha.

Precisava discutir aquilo com Henri e Ingra. Como descobrir a palavra-chave para entrar? Sozinhos, os três poderiam ter sucesso; mas, no momento, era melhor despistar Débora.

– Parece um diretório vazio, tia. O vô deve ter mudado os arquivos pra outra pasta e essa aí ficou sem função. Pode cancelar.

– Bem o jeito é olhar os outros arquivos.

Fausto dominou a vontade de sair correndo atrás dos primos. Ainda podia aparecer alguma coisa... Ele se forçou a disfarçar a excitação, a cabeça funcionando a mil, enquanto a tarde passava e tia Débora entrava em cada diretório, analisando arquivo por arquivo.

Na sorveteria, Henri não conseguia tirar os olhos de Suélen, tomando vagarosamente o *sundae* que Ingra pedira para ela. Entre uma e outra colherada, Suélen falava.

– ... E aí eu me acostumei a anotar tudo num diário. Não tenho muito o que fazer na cidade, principalmente nas férias. Minhas amigas tão viajando; quando o seu avô morreu, e mamãe foi pro casarão, eu fiquei no apartamento só com a cozinheira. Um tédio.

– Suas lembranças podem ajudar bastante a gente – disse Henri, com um sorriso. – Não lembra de mais nada, além do que você contou pro Fausto, pra completar nossa investigação sobre a morte do vô?

A garota mexeu na bolsa que levava e tirou um caderno grosso. Um diário, provavelmente. Os dois primos notaram os vários desenhos a aquarela que ilustravam algumas páginas e a capa. Eram muito benfeitos.

– Bem... Depois que o doutor Pascoal veio na quinta-feira, eu notei que o clima ficou tenso no apartamento. Minha mãe me mandou dormir cedo, eu custei pra pegar no sono. E ouvi uma discussão na sala.

– Uma briga? – indagou Ingra. – E quem...

– Acho que foi outra das encrencas de dona Maria Clara com o doutor JC. Eles discutiam um bocado ultimamente...

Os primos olharam-se, perturbados. Saber daquelas brigas os incomodava... Seriam simples brigas de casal ou algo mais? Henri olhou o relógio: precisava ir encontrar-se com Bruno.

– Eu tenho de ir, vou ver um amigo... curtam o sorvete.

As duas o viram deixar a sorveteria e ir para a praça. Suélen sorriu para si mesma e Ingra ficou pensando, intrigada, que aquele sorriso a lembrava de alguém. Seria sua imaginação? Para quebrar o silêncio disse, solidária:

– Você deve mesmo se sentir muito sozinha no apartamento.

– Só nas férias – foi a resposta. – Durante as aulas fico semi-interna no colégio. Gosto de lá, tenho amigas. E as freiras são legais.

– Não sabia que você estudava no colégio das freiras – retrucou a filha de Plínio, surpresa. – É o melhor da cidade!

Suélen pareceu divagar, enquanto folheava seu diário.

– É, minhas colegas são todas filhas de gente rica. Mas eu não ligo. Mamãe diz que tenho uma bolsa de estudos, só que eu sei que não é verdade: a madre diretora pode ser amiga de dona Maria Clara, mas sua avó paga as mensalidades. Ela paga as minhas aulas de pintura também.

Ingra sentiu aquela sua velha conhecida sensação. Havia

algo oculto nas palavras de Suélen... algo em que ela devia prestar atenção.

– Ah, você estuda pintura. É por isso que desenha tão bem... – disse, olhando o desenho na capa do diário. – Parece que tem talento!

O sorriso da filha de Arlete foi ficando cada vez mais irônico.

– Então você não sabe! Eu pensei que esse baita segredo era mentira da minha mãe, que todos soubessem... mas pela sua cara vejo que vocês nem desconfiam. Bom, eu mesma não deveria saber. Descobri por acaso, e porque fui atrás. Nem dona Maria Clara sabe que eu sei!

A sensação de urgência de Ingra foi ficando mais forte. Do que, diabos, Suélen estava falando? Que segredo era aquele que ela sabia?...

Então o sorriso da outra sumiu, surgindo um olhar desafiador. Ingra não precisou pressionar. A garota deixou escapar tudo.

– Eu sei que não é a melhor hora pra falar nisso... mas eu preciso tanto confiar em alguém, Ingra! Já faz tempo que eu descobri. Minha mãe me fez jurar que não ia dizer nada pra dona Maria Clara. Sua avó sempre protegeu e cuidou de nós duas, até registrou minha certidão de nascimento com o nome dum tal empregado da empreiteira que tinha morrido. Mas eu tinha o direito de saber quem era o meu pai de verdade!

As paredes da sorveteria começaram a girar em torno de Ingra.

– Seu pai... será possível? O vovô...

O sorriso irônico voltou aos lábios de Suélen.

– Não! Pensei que você já tivesse adivinhado. Seu avô nunca prestou atenção em mim, ele tinha coisa demais na cabeça. Meu pai verdadeiro é João Carlos Lorquemad Júnior, o seu tio JJ!

Por algum motivo, enquanto sua cabeça latejava depois daquela revelação, a única coisa em que Ingra conseguiu pensar foi no diálogo que Henri dissera ter ouvido uma noite, no casarão. Alguém se recusava a esconder um fato, e outra pessoa dizia que aquilo podia custar vidas... Ingra não sabia por quê, mas sua intuição lhe dizia que aquela conversa tinha tudo a ver com o segredo que envolvia Suélen, Arlete e tio JJ.

"Meu Deus, ela também é nossa prima!", raciocinou, vendo a outra terminar o *sundae*. "O que vou dizer pro Fausto... e pro Henri?!"

Os dois garotos se olharam com franqueza. Bruno chegara ao banco sob os flamboaiãs trazendo uma mochila nas costas. Tinha o mesmo ar enigmático de antes do almoço. Algo, porém, havia mudado.

– Você trouxe o álbum de recortes? – perguntou Henri, tentando iniciar a conversa. – Eu quero mesmo ver. Tem alguma coisa sobre as ligações do nosso avô com o tal sujeito?

– Mondraquezi. Tenho artigos de jornal sobre ele, sim, sempre relacionados com nosso avô. Parece que esse tal *el brujo* foi sócio dele uns tempos atrás. Depois, era chamado de "consultor". E em dois artigos é citada a tal "Sociedade do Triângulo"...

Imediatamente interessado, Henri o interrompeu.

– Posso ver esses artigos?

– Pode, mas, antes de mostrar o álbum, tem uma coisa que eu quero de vocês.

Henri notou certa insegurança na voz de Bruno. O que seria?

– Ninguém sabia que eu vim pra cá. Só que vó Leonora acabou descobrindo... Parece que ela ligou pros amigos da minha mãe na cidade e falou com a moça da casa onde eu estava. Não posso voltar lá, senão vovó me manda pra São Paulo. Preciso de um lugar pra ficar escondido uns dias.

O outro suspirou. Mais essa... e não podiam levar Bruno para o apartamento. Nem para o casarão. Tio JJ tinha um apartamento do outro lado da cidade, mas ele não era confiável. A não ser que...

– Claro! – exclamou, afinal. – Como não pensei nisso antes? Posso pedir pro Rildo Falcão hospedar você! Ele mora sozinho.

Bruno torceu o nariz. A mesma reação de Fausto, quando fora sugerido que confiassem no editor do *A Verdade*.

– O jornalista? Não sei...

– É o jeito. Rildo é a única opção. Vamos falar com ele já!

Depois de alguma relutância do filho de Lucimara, acabaram seguindo na direção do jornal. Logo ia anoitecer, mas, pelos cálculos de Henri, o jornalista estaria trabalhando ainda.

Porém, por mais que os dois circulassem pela redação, não encontraram Falcão em lugar nenhum. A secretária jurava que ele tinha ido checar uma fonte, um repórter dizia que estava no banheiro, outro que fora tomar café na esquina. Henri tomou uma decisão.

– Melhor irmos esperar no prédio onde ele mora. Mesmo se não estiver lá, mais cedo ou mais tarde o Rildo vai ter de ir pra casa.

– Tá, mas nada de passar perto da empreiteira, ou da casa que minha avó tem aí no centro – concluiu Bruno. – Não quero topar com ela...

Foram por uma viela que cruzava a avenida e ia sair junto à rua em que o jornalista morava. Ao virarem a esquina, porém, Henri estacou de súbito. Duas pessoas haviam saído de um carro parado em frente ao único edifício da rua. Não viram os garotos; o homem parecia agradecer à moça pela carona. Ia apertar a mão dela, mas foi surpreendido por um abraço e, inesperadamente, por um beijo. Um beijo apaixonado... Os dois ficaram um bom tempo abraçados, como que hesitando em se separar.

Somente depois de alguns minutos o casal se desligou, ela fazendo menção de voltar ao carro e ele indo para a portaria do prédio. Então, como se algo os chamasse, ambos viram os dois meninos na esquina.

Henri teve vontade de enfiar-se terra adentro ante os olhares constrangidos que viu de Rildo, o jornalista amigo, e de Anderlisa, a investigadora da Polícia.

CAPÍTULO 13

Passada a surpresa, Anderlisa foi a primeira a se recuperar. Entrou no carro e acenou levemente antes de dar a partida. Logo mais virava a esquina.

Rildo, tentando parecer o mais natural possível, aproximou-se dos garotos. Fingindo nada ter visto, Henri pediu:

– Será que a gente podia subir um instante ao seu apartamento? Preciso de um favor urgente...

– Quem é o camaradinha aí? – quis saber Rildo.

– Prefiro dizer lá em cima – respondeu Henri, aflito.

Curioso, o jornalista entrou no prédio, seguido pelos dois garotos. Bruno, descontraído, não parecia nem um pouco constrangido com a situação.

Quando chegaram ao apartamento, Henri foi logo detonando:

– Desculpe invadir desse jeito, Rildo, a gente procurou na redação, mas você não estava...

O outro pareceu contrafeito:

– Acho que eu devo uma explicação a vocês... quer dizer, a você; eu nem sei ainda quem é esse garoto aí...

– Meu nome é Bruno e sou o outro neto. O filho da Lucimara, neto da Leonora, você já deve estar careca de saber; cidade pequena todo o mundo descobre tudo, até a cor das cuecas do vizinho, né? – apressou-se a dizer o garoto, destemperado como sempre.

Rildo Falcão olhou meio de viés para o menino. Então aquele era o rebento de Lucimara, a filha ilegítima de JCL com a secretária e que entrara com o processo de reconhecimento de paternidade. Uau! A coisa estava fervendo. Mas Henri já continuava:

– Justamente. Bom, o favor é o seguinte. O Bruno fugiu de casa pra conhecer a gente, e não tem onde ficar, porque a dona Leonora foi avisada e está na cola dele. Ele não pode voltar para a casa onde estava hospedado... então pensei, quer dizer, se você não tiver nada contra...

– ... se eu podia hospedá-lo por uns tempos? – Rildo sorriu, embevecido com a oportunidade que lhe caía ao colo de saber notícias quentes sobre o assunto do dia na cidade. – Bem, você pode ficar aqui o tempo que precisar, tenho um quarto extra. Mas não seria melhor avisar sua família? Devem estar preocupados...

– Só até amanhã – prometeu Bruno. – Aí eu ligo pra minha mãe.

Resolvido o problema, como a tomar coragem, Rildo se abriu:

– Como eu disse, devo uma explicação a respeito da cena que presenciaram lá embaixo...

– Deixa pra lá, ninguém tem nada com a sua vida, muito menos nós...

– Tem sim, porque você, a Ingra e o Fausto confiaram em

mim. Fui eu quem trouxe a Anderlisa pra falar com vocês. A coisa na realidade é muito simples: eu e ela estamos apaixonados!

– Parabéns! – disse Henri, sem muito interesse. Tinha coisas mais importantes e urgentes a tratar. Bruno, contudo, pareceu interessado. Com o seu jeito despachado, ele chutou:

– Casal maneiro, os dois: você, negro, ela, loira. Os filhos vão nascer de todas as cores, vai ser um desbunde genético...

– Cala a boca, Bruno! – gritou Henri, sem acreditar no que ouvia. – Pirou, meu? O que você tem com isso, afinal?

Mas Rildo Falcão, sorrindo tristemente, aplacou a ira do garoto:

– Ele disse o que a maioria pensa, Henri. Inclusive os pais da Anderlisa e, principalmente, os meus...

Henri, agora mais interessado no assunto, esperou que o jornalista explicasse melhor a coisa toda.

Ele contou que fazia três anos que ele e Anderlisa estavam namorando, praticamente em segredo. Isso porque, no início do namoro, houvera violenta reação de ambas as famílias. A de Anderlisa por não aceitar um genro negro – pois ele era negro mesmo, nem se podia dizer pardo, mulato, essas tangentes todas que as pessoas usam quando são cadastradas pelo IBGE. Aliás essas "variações" na realidade nem existem; são um eufemismo utilizado para mascarar a verdadeira etnia, a negra.

Por outro lado, sua família, principalmente a mãe, que sempre lutara pelos direitos dos negros, achava um acinte que ele se casasse com uma loira. Ia parecer que ele desprezava as mulheres da sua própria cor. Enfim, incompreensão total, de lado a lado. E dos dois, a Anderlisa era a mais corajosa: ainda que isso lhe causasse sofrimento, ela romperia com a família para ficar com o homem por quem se apaixonara. Era ele, com toda a sua vivência de jornalista, que adiava a decisão. Enquanto isso, namoravam em sigilo, sempre com a preocupação de um flagrante, como acontecera agora.

Bruno mexeu-se inquieto na poltrona. Incapaz de se controlar, despejou:

— Desculpe, hein, "mermão", mas acho que você tá marcando a maior bobeira. Se ama tanto essa gata, vai fundo, enfrenta as feras... Senão vai acabar um velho azedo, choramingando, porque perdeu o amor da sua vida, por causa do preconceito de quatro bobocas, os seus pais e os dela.

Rildo olhou o molequinho franzino à sua frente, os olhos brilhando enquanto falava. Ficou uns instantes em silêncio, incapaz de uma palavra.

Henri apoiou o primo:

— Eu concordo com o Bruno. Vai nessa, Rildo. A Anderlisa é gente fina. Vocês vão ver, quando nascer o primeiro guri, os avós vão se derreter...

— É, vocês têm razão — Rildo descontraiu-se, ao imaginar-se pai. — Eu tenho de ir à luta, doa a quem doer. E já estão convidados para o casamento...

Depois de contar ao jornalista o que Bruno dissera sobre Mondraquezi, os três olharam os artigos que mais interessavam. Não havia nada relacionado ao incêndio e à morte do avô, mas alguns fatos ficaram claros: Mondraquezi era bastante ligado a JCL; nunca aparecia claramente numa fotografia; e volta e meia citava uma tal sociedade filantrópica da qual era membro, a "Sociedade do Triângulo".

Querendo logo contar aquilo aos outros, Henri despediu-se de Rildo, deixando o novo primo aos seus cuidados. Precisava correr para o apartamento.

Voltou ao edifício, subiu e viu Maria Clara conversando com Débora na sala de estar. Deu a volta pela sala de jantar para que a mãe e a avó não vissem que ele chegara depois dos outros, e foi procurar Fausto e Ingra. Estavam com Suélen na salinha de TV, esperando por ele.

Henri sentiu que o coração mudava de ritmo à simples presença da garota. Ingra, notando seu embaraço, foi logo dizendo:

— Conta pra ele, Suélen, o que você me falou... O Fausto já está sabendo.

Suélen não se fez de rogada e contou como Arlete lhe confessara que JJ era seu pai, por isso gozava de tantas regalias conferidas pela "vovó".

À medida que a garota ia falando, Henri sentiu que lhe faltava a respiração... Suélen era sua prima-irmã, filha do irmão da sua mãe! Pensamentos desencontrados sobre genética e riscos de casamentos consanguíneos cruzaram sua mente.

– Você está se sentindo bem, Henri? – ele ouviu a voz de Ingra, que parecia vir de longe. Suspirando fundo, ele tentou se recuperar do choque. Suélen, à sua frente, sorria docemente, como se não tivesse noção da gravidade de suas revelações... tão linda, tão próxima e, agora, tão distante!

Engolindo seco, ele se controlou e colocou os outros a par do que acontecera: Bruno estava hospedado no apartamento do amigo jornalista. Achou melhor mencionar também o namoro de Rildo com Anderlisa, para que não fossem pegos de surpresa; mas fez os primos prometerem segredo.

Fausto, por sua vez, contou como Débora havia encontrado o ícone do "triângulo" e ele tivera de despistá-la. Sugeriu que tentassem acessar o diretório.

Apesar de desconhecerem a senha, quem sabe tivessem sorte? Afinal esse triângulo aparecia cada vez mais nas coisas do avô. Era uma obsessão.

Ansiosos, esperaram a avó ligar a TV para ver a novela, depois de entender-se com Arlete sobre o jantar, e dirigiram-se para o escritório de JCL.

Enquanto Fausto ligava o computador, Ingra olhava desconfiada para a estante que tomava toda a parede dos fundos. Não se esquecera dos papéis que vira a avó esconder... Uma intuição lhe dizia que tinham vindo dali. Passou a mão pelas prateleiras altas até perceber, pelo tato, um livro que não estava alinhado com os outros. Puxou-o. Era uma Bíblia velha, com o sinal da Trindade marcado na capa gasta. Trindade?

– Olha, Henri – a garota mostrou ao primo o que encontrara. – Acho que foi daqui que a vovó tirou os papéis que escondeu no bolso. Tem umas páginas mais amareladas, como se tivesse alguma coisa aqui guardada, por anos. E o desenho na capa... será que não é o mesmo triângulo?

O primo concordou com ela, mas nesse momento Fausto havia descoberto o ícone que vira antes.

– É agora, gente!

Ingra devolveu a Bíblia à estante e voltou para junto do primo. Aquilo era mais urgente. Num instante ele clicou no *mouse* e acessou o triângulo... A caixa de diálogo apareceu. Só faltava a abençoada senha!

Aí foi um festival de tentativas... Siglas, nomes de família, aniversários dos avós, filhos, netos... Nada. O ícone permanecia mais lacrado que a caverna de Ali Babá – e eles não descobriam o "Abre-te, Sésamo".

Suélen, após um certo tempo, foi para um canto da sala, onde se pôs a desenhar num pequeno bloco, indiferente às demais tentativas. Henri olhava a garota de esguelha e suspirava; se ao menos fosse tudo invenção de Arlete! O que ele não daria para ela ser filha mesmo do tal funcionário da firma. Não podia namorar uma prima!

Estavam quase desistindo... JCL era uma raposa velha, devia ter criado alguma senha absolutamente à prova de bisbilhoteiros.

Foi quando Suélen mansamente se aproximou, o bloco de notas nas mãos. Sentou-se ao lado de Henri e mostrou uma sequência de números.

– O que é isso? – ele perguntou.

– Seu avô tinha mania de triângulos, todo o mundo sabia. E gostava de numerologia, também. Então eu escrevi a palavra "triângulo" e substituí as letras por números, de acordo com a ordem alfabética.

Ingra e Fausto, interessados, também acompanhavam o raciocínio dos outros primos. Henri, contando nos dedos, conferia as letras do alfabeto e os números. Obteve o seguinte resultado: **20; 18; 9; 1; 14; 7; 21; 12; 15**.

Ingra abanou a cabeça.

– O espaço para digitar a senha só aceita nove caracteres. Mas...

Suélen pareceu ter outra ideia, ao mesmo tempo que Ingra.

– Some os números duplos, para ficar uma unidade cada um. Henri fez o que a outra mandava. Obteve um novo resultado: **2; 9; 9; 1; 5; 7; 3; 3; 6.**

– Nove dígitos! – murmurou Ingra.

Fausto, com sofreguidão, digitou os nove números no teclado.

Foi mesmo como se alguém dissesse: "Abre-te, Sésamo"! O ícone de repente desapareceu da tela e uma ampulheta apareceu. O diretório estava prestes a se abrir e desvendar os incríveis segredos do maquiavélico JCL!!!

CAPÍTULO 14

Durante aquele curto instante de expectativa, com Ingra, Suélen e Henri inclinados por trás dos seus ombros, Fausto lamentou que o velho micro do vô João Carlos mal suportasse aquele formidável programa de segurança. Infelizmente, o processador parecia gemer sob o peso dos programas mais complexos. Por isso demorava tanto para mudar de tela.

– Aaaaii... vamos logo... – murmurou Ingra.

O quarteto vigiava o vídeo e a porta de entrada do escritório, com a mesma ansiedade. Uma nova tela foi se reconstituindo, com um fundo degradê que ia do dourado ao amarelo suave. Lentamente surgiram alguns títulos, como se fossem partes de um grande texto: "Início", "Relacionamentos", "Estrutura", "Rotas", "Planos de Ação"...

Poderiam ser anotações para algum livro que ele estivesse escrevendo. Quem sabe, uma autobiografia... Ou projetos para a expansão de suas empresas.

– Ahn-ahnn... – pigarreou Henri.

Fausto, reagindo com os reflexos de um verdadeiro explorador, pressionou imediatamente a tecla *"Esc"*, interrompendo a carga dos arquivos. E confirmou o cancelamento enquanto, com o canto dos olhos, percebia seu pai entrando no escritório, acompanhado do tio Plínio. Acabavam de chegar do escritório da empreiteira. Por sorte, a mesa onde estavam ficava nos fundos do cômodo. Quem entrasse só conseguiria enxergar a tela quando já estivesse junto à mesa.

Mesmo assim, Fausto não teve certeza se daria tempo.

– Ah, descobriram um computador, hein? – brincou tio Plínio, chegando quase junto do grupo.

– É, papai. Estávamos tentando instalar um joguinho... – mentiu Fausto, esperando que não perguntassem onde estava o CD de instalação.

– E alguém autorizou, meninos? – perguntou o pai dele.

– Deixe pra lá, Pascoal. Garanto que nas mãos deles o computador corre menos riscos do que na de burros velhos como nós... Venha, vamos tomar um drinque antes do jantar para relaxar a tensão... – desconversou Plínio.

– Droga! – murmurou Fausto, irritado com a lentidão do micro, ainda paralisado na tela proibida. – Travou! Esta joça travou!

E pressionou o botão de *"reset"*, forçando a máquina a recarregar. Henri e Ingra suspiraram, aliviados. Suélen já escapulira sorrateiramente, com receio de uma reprimenda. Instantes depois, Maria Clara surgia no escritório.

– Ah, vocês chegaram? Até que enfim... Pensei que aquela reunião com a secretária não fosse terminar nunca...

– Por mim, não teria sequer começado, mamãe – retrucou Pascoal, enquanto os primos se afastavam discretamente do micro. – Mas enfim, *la noblesse oblige*... Pelo menos dona Leonora é uma grande profissional.

– Pois é, convocou dois diretores de São Paulo para virem para cá. Assim, a reunião foi produtiva – emendou Plínio. – E pudemos ver que a situação da empreiteira...

Um pigarro do irmão o interrompeu.

– Eu entendo – cortou a viúva, um tanto impaciente. – Bem, vamos para a sala de jantar, Arlete já vai servir a sopa. Ah, crianças! Eu ia me esquecendo... Depois do jantar nós vamos usar este escritório para conversar sobre os documentos que Débora encontrou e, se quiserem jogar, vão à sala de jogos. Ainda pode haver arquivos importantes no computador de seu avô, é melhor vocês não mexerem aí por enquanto.

Fausto abaixou a cabeça, frustrado. Tanto trabalho para nada! Henri mordeu os lábios, também aborrecido. Foi Ingra quem respondeu, com a maior naturalidade:

– Claro, vovó! A senhora tem toda a razão, não se preocupe.

Maria Clara ficou por último, fechou a porta e guardou a chave no bolso. Todos seguiram para a sala de jantar. No corredor, a garota ficou um pouco atrás e trocou olhares com os primos.

Mal conseguia se conter. Sua intuição dizia que, além da avó, seu pai e o tio Pascoal estavam escondendo alguma coisa importante. "Meu Deus, esta família parece que só sabe dissimular...", pensou.

– E aí, Fausto? Preparado para mais uma seção "hora da verdade" com dona Anderlisa? – cochichou Henri.

O primo desviou o olhar para as paredes decoradas da copa, fungando com ar de desprezo. A manhã de sábado havia nascido cheia de nuvens e sombras, mas prometia ser interessante. Pelo menos era o que Henri esperava, depois que um telefonema noturno de Rildo Falcão havia convocado o trio.

O jornalista não os chamaria à toa. Débora atendera o telefonema, conversara com Rildo por alguns minutos, relembrando algumas viagens dele a Águas de Lindoia. Depois, sorrindo para Henri, ela dissera: – "Aquele nosso amigo dos quadrinhos...".

Em breves palavras, o encontro ficara combinado. Sem saber que eles já haviam encontrado Rildo antes, Débora pedira a seu Tito que os levasse ao apartamento dele.

– Fausto e Ingra estão loucos para conhecer a coleção de gibis clássicos do Rildo, mãe. Flash Gordon, Valentina, Spirit, Spawn...

– Se você quer saber, até eu estou. De tanto você falar.

O bom era que, pelo menos daquela vez, eles não precisariam ir escondidos. Não esqueciam, porém, que tinham estado a um passo de ler os arquivos proibidos do avô. A avó, naquela manhã, estava trancada no escritório; por enquanto eles não teriam oportunidade de tentar outra vez.

Enquanto tomavam um breve café, os dois rapazes aguardavam Ingra.

– Henri... – murmurou Fausto.

– Pode falar, primo. Que bicho te mordeu?

– Às vezes eu fico com medo do que vamos descobrir.

– Quer desistir? Quer acabar com tudo agora?

– Não! De jeito nenhum. Vou até o fim!

– Então, o quê...? – insistiu Henri.

– Tem algumas coisas que acabamos descobrindo que... Por exemplo, aquela viagem secreta do meu pai...

– Não falamos com Anderlisa sobre isso, se você não quiser, Fausto – assegurou Henri.

No fundo, ele estranhava a contradição do primo: ir até as últimas consequências, mas sem que isso causasse embaraços ao pai. Como se alguém tivesse o dom de preservar um ou outro membro daquela família. Para mostrar que estava do seu lado, o rapaz contou ao primo, em voz de segredo, o que sabia desde o primeiro encontro do trio: que Pascoal fora junto com o delegado Antunes mexer na cena do incêndio.

Fausto tocou-lhe a mão num sinal mudo de agradecimento por sobre a mesa quando Ingra se reuniu a eles.

– Desculpem pelo atraso, garotos... Só meio copo de leite e podemos ir.

Rildo Falcão estava sentado em uma cadeira giratória. Anderlisa deu uma volta completa em torno dele, desviando o olhar, de vez em quando, para as pás envernizadas dos ventiladores de teto. Olhando para seu caderninho de notas, acariciou o queixo.

— Podemos começar a sessão? — perguntou Fausto, levando um cutucão de Ingra.

— Podemos — ela falou. — Quer dizer que temos mais um primo da grande família em Santo Antônio? — disse Anderlisa, ao ser apresentada a Bruno.

— É — respondeu Fausto, contrariado, sentindo o contra-ataque. — E ele trouxe mais novidades para essa história.

Estavam trancados na sala do apartamento Rildo, Anderlisa e os quatro primos. Telefones fora do gancho, incomunicáveis.

— Eu também tenho novidades... — sorriu a investigadora, diante do espanto do trio. Com isso, assumiu de vez o controle da situação.

— O que é...?

— Vamos por partes, dentro da sessão, como você mesmo disse, minha criança. Primeiro: Francesca Smiran não se suicidou, foi assassinada. O laudo da perícia, que acabo de receber, diz que não foram encontrados resíduos de bário e antimônio na mão que segurava a arma, o que indica que não foi ela a autora do disparo. A arma foi colocada ali pelo assassino para simular suicídio.

— Tanto pior — comentou o jornalista, franzindo a testa.

— Outra coisa: o avô de vocês não morreu por distração.

— Como assim? — foi a vez de Henri perguntar.

— O corpo carbonizado foi encontrado na poltrona, como se ele houvesse caído ou sido jogado lá. Se ele tivesse cochilado, despertaria com as chamas e seu corpo provavelmente teria sido encontrado em outro local da casa, tentando escapar das chamas ou do gás provocado pela fumaça.

— Não foi o fogo que o matou — reforçou Rildo.

Anderlisa continuou:

– Temos então três hipóteses: um ataque cardíaco o matou antes de o incêndio se iniciar, o que seria muita coincidência. Vejam, ele vai sozinho para o casarão e na última hora resolve dormir lá. Aí tem um ataque cardíaco e, para completar, seu casarão pega fogo... Não, muita coincidência! A menos que...

– Que o quê? – devolveu automaticamente Ingra, completamente absorvida pelas deduções da policial.

– Que o cadáver seja de um pobre "laranja". Aí faria sentido. Tudo se encaixando perfeitamente para JCL – não é assim que muita gente o chamava? – sair de cena, deixando ao fogo a tarefa de destruir quaisquer rastros incômodos que pudessem denunciar seus planos ou seu passado.

– Isso é um absurdo! – protestou Fausto.

– Vamos pensar que sim, por enquanto – concordou a policial. – Afinal, pelo que consta, seu avô estava ameaçado de morte. Vamos supor que... conseguiram cumprir a promessa. Então, temos mais duas hipóteses: ou ele tomou uma droga muito forte, perdeu os sentidos e não acordou com as chamas, ou foi assassinado antes do incêndio e o fogo apagou as marcas do crime.

– Vovô não tomava drogas. Nem era de beber mais que um copo de vinho. Seu único vício era o fumo: charutos cubanos – comentou Ingra. – Fora isso, ele fazia tudo para preservar sua saúde.

– Claro! – comentou Anderlisa. – Ele queria estar inteiro para suas aventuras, não é mesmo? Tinha uma saúde de ferro. Era um homem que amava a própria vida. E que só iria tomar alguma droga à força...

– Com certeza! – admitiu Henri.

– Então resta a segunda alternativa: foi assassinado antes do incêndio. Ou seja, quando o fogo começou, JCL já estava morto! – concluiu Anderlisa. – E aí temos mais duas possibilidades. O casarão foi invadido e ele foi morto de maneira eficiente e hábil com uma arma branca. Ou...

Rildo Falcão parecia conhecer toda a linha de pensamento da investigadora. O trio, porém, tinha a respiração suspensa quando ela prosseguiu:

– ... alguém, de sua confiança, esteve com ele. Beberam juntos e a pessoa colocou algo em seu copo. Um sonífero ou veneno. Como ele não esperava nenhum tipo de traição dessa pessoa... bebeu ingenuamente a própria morte.

– Que horror! – Henri deixou escapar um grito.

– Que fazer? O mundo às vezes é assim, Henri – devolveu a policial, sem nenhum sarcasmo.

– Você falou em veneno ou arma branca porque o corpo queimado encobriria os sinais do crime mais facilmente do que se fosse uma arma de fogo, pois encontrariam as balas, certo? – perguntou Bruno.

– Perfeito. Muito bem, menino.

– E no que restou do incêndio, não ficaram pistas?

– Nada relevante. Porém, a propriedade é enorme, cheia de entradas, alguém pode ter ido lá sem ter sido visto pela polícia, alterado a cena do crime e sumido com qualquer pista... – despachou Anderlisa.

Inconscientemente, Henri desviou seu olhar para Fausto. Em seguida, lembrando-se da sagacidade da policial, buscou também a expressão de Ingra, que estava do outro lado. Incomodado, procurou desviar o assunto:

– E o que mais?

– Sobre isso, pouca coisa. Meu próximo passo vai ser conversar com o motorista e os seguranças do seu avô. Eles devem ter coisas para me contar...

– E o caseiro? – sugeriu Rildo Falcão.

– Claro, não me esqueci. Lizário Pontes, o caseiro do seu avô, ainda está em férias. Meu chefe disse que iria tentar contatá-lo para ver o que ele tem a nos contar sobre a rotina de JCL nos últimos dias no Refúgio e, claro, sobre o Jaime Pastor.

– Que, aliás, se evaporou pouco depois do acontecido – completou Rildo. – Mas acho que todos já sabiam disso, não é?

– Também já sabemos que uma certa caminhonete vermelha foi vista circulando pelas terras do casarão naquela noite... – acrescentou Anderlisa. – Várias pessoas que estavam num bar, na estrada, fizeram a mesma descrição e anotaram parte da placa.

– Que eu saiba, vovô não tinha caminhonete vermelha... – disse Fausto.

– Tenho uma pista nesse sentido – retomou a investigadora. – Ainda hoje devo saber em nome de quem a caminhonete está registrada. E finalmente...

– Mondraquezi! – gritou Ingra.

– Batata! Vocês tinham razão em levantar o nome dele. Poderia ser uma peça importante neste quebra-cabeça... *El brujo*! Um homem estranho, poderoso. Consta que é porto-riquenho, com passagens por vários países sul-americanos. Um homem escorregadio, de quem temos poucos rastros, a não ser sua presença como... digamos, consultor esotérico de homens próximos do poder, inclusive seu avô. Aliás, os dois eram até parecidos: a mesma idade, a mesma constituição, a cor dos cabelos... até o mesmo gosto por belas modelos. Se foi por causa de mulheres, não sei: mas descobri que os dois chegaram a ter discussões em público, trocas de palavras ásperas – o que é estranho, já que foram vistos juntos muitas vezes em eventos sociais.

Enquanto ela falava, Fausto olhava alguns recortes no álbum de Bruno.

– Por que chamam o homem de *el brujo*? – quis saber.

– Mondraquezi mexe com astrologia, tarô, numerologia – explicou Rildo. – Depois que vocês o mencionaram, dei uma olhada nos arquivos do jornal e descobri que ele frequentou salões da ditadura chilena, argentina, paraguaia...

Anderlisa retomou a palavra.

– Mas o homem consegue ser praticamente invisível. Na polícia, não temos quase nada sobre esse senhor, a não ser o fato de que...

Ingra sentiu um forte arrepio começar a correr por seus braços.

– ...está morto há pouco mais de três meses – detonou a investigadora, com um sorriso indecifrável.

CAPÍTULO 15

Foi como se alguém houvesse feito soar o toque de silêncio. Todos se calaram, estupefatos, por um momento. O único som que se ouvia na sala era o das páginas do álbum de recortes de Bruno, que imediatamente começara a procurar alguma coisa entre seus fragmentos de jornais e revistas.

– É uma pena... – Rildo falou, afinal. – Se ele era amigo – ou inimigo – de JCL, poderia esclarecer muita coisa. Meu instinto de jornalista me diz que Mondraquezi era suspeito. Desconfio que el brujo devia ter motivos para querer se livrar de seu avô. Como eu não soube de nada sobre a sua morte?

Anderlisa olhou com pena para os primos, que pareciam sem ânimo para falar. Quando encontravam um suspeito ideal, ele saía de cena sem mais nem menos... Muito séria, ela respondeu ao namorado.

– Nem você nem ninguém sabe disso. Consegui informações confidenciais com a Capitania dos Portos. Lembram-se daquele acidente com duas lanchas e um iate, em Angra dos Reis, há quatro meses?

Todos se lembravam. A televisão falara naquilo dias seguidos, embora não se houvesse mencionado Mondraquezi em nenhum momento.

– *El brujo* era um dos passageiros do iate. Na noite anterior...

– Achei! – berrou Bruno, interrompendo-a. – Eu sabia que tinha recortado alguma coisa sobre ele há uns três meses. Ouçam!

E leu em voz alta uma das notícias coladas em seu álbum:

Foi inaugurado ontem no Rio de Janeiro o Centro de Exposições Lorquemad, mais um empreendimento da Construtora JCL, com o desfile da nova coleção outono-inverno das Confecções Puerto Rico. As mais famosas modelos do país estiveram presentes, e o coquetel que se seguiu ao desfile foi concorridíssimo entre a sociedade carioca. A nota curiosa ficou por conta da presença do famoso Mondraquezi, consultor esotérico de vários dos empresários e políticos presentes. *El brujo*, como é chamado, chegou incógnito, evitou os fotógrafos, trocou beijos com uma das mais requisitadas modelos e saiu sem ser visto. Segundo uma fonte que não quis ser identificada, o astrólogo estaria seguindo para Angra dos Reis, de onde deve embarcar para um cruzeiro no iate de um amigo.

– Então foi assim... – concluiu Fausto. – Ele esteve na tal inauguração, que tinha a ver com o vovô, saiu da festa, foi pra Angra, embarcou no iate...

Anderlisa assentiu com a cabeça.

– E deve ter morrido quando uma lancha na marina explodiu, causando um desastre horrível. Mais de vinte mortos. O único problema é...

– ... que não encontraram o corpo dele – afirmou Ingra.

Rildo e a investigadora entreolharam-se. Ainda não haviam se acostumado com o fato de que Ingra parecia saber de tudo antes dos outros.

Henri sentou-se na cadeira giratória que Rildo deixara. Uma desconfiança a mais aparecia em seus olhos.

– E a tal modelo com quem ele se encontrou? Por acaso não era...

– Acertou, garoto! – respondeu Anderlisa, contente por, pelo menos uma vez, outra pessoa ter adivinhado o que ela iria dizer. – A modelo em questão era nossa velha conhecida, a falecida Francesca Smiran. Tudo indica que ela namorava os dois: *el brujo* e seu avô. Garota esperta...

Antes que alguém comentasse o fato de a "garota esperta" ter acabado morta, um som estridente os interrompeu. Anderlisa suspirou e remexeu na bolsa, pescando lá o celular.

– Desculpem, sei que era para ficarmos incomunicáveis, mas...

Atendeu num canto da sala. Aproveitando a pausa, Ingra foi olhar o álbum que Bruno continuava a exibir, triunfante, e Henri contou a Rildo sobre a tentativa frustrada de lerem os arquivos no computador do avô, na noite anterior. Fausto ainda estava furioso com aquilo.

– Bem na nossa frente, e não conseguimos entrar!

Ingra afagou o braço do primo, tentando acalmá-lo.

– Não fique assim, Fausto. É bem possível que o vovô tivesse cópias dos arquivos em outro micro.

– Ela tem razão – concordou Henri. – O vô não ia arriscar que aqueles textos todos sumissem. Deve ter feito *back-up* em algum lugar.

– E a Bíblia no escritório? – lembrou Ingra. – Ainda acho que ali estavam guardados papéis importantes, que a vovó pegou.

E contou a Rildo e Bruno sobre a dissimulação da avó e as páginas amarelecidas na velha Bíblia do avô.

Estavam discutindo sobre a Bíblia e as supostas cópias dos arquivos secretos, quando Anderlisa se aproximou, de celular na mão. Parecia desapontada.

Rildo tentou abraçá-la. Sabia que havia algo errado.

– O que foi, meu bem? – disse, baixinho.

Tentando manter a pose de durona, ela hesitou. Guardou o celular na bolsa, pendurou-a no ombro, tossiu, fungou, mas acabou falando.

– Era o doutor Antunes, meu chefe. Preciso ir agora pra DP. O agente designado pela Polícia Federal chegará a qualquer momento; ainda tenho de conferir algumas notas, pois vou passar meu dossiê para ele. A partir de amanhã estarei oficialmente desligada da investigação.

Os jovens lançaram-lhe olhares consternados. Rildo apertou sua mão. Já desconfiava que a tirariam do caso, por conta de seu namoro com ele.

– E todas as pistas que você está seguindo?...

– Pelo que acabaram de me dizer, nada mais está pendente. Minhas tentativas de contatar doutor Eduardo, o dentista, foram infrutíferas: o homem sumiu na Espanha. A Polícia Federal pode pedir à Promotoria a exumação dos restos mortais de JCL ainda esta semana; sem os registros da arcada dentária, que não foram encontrados, vai requerer um exame de DNA pra confirmar a identidade do corpo. Quanto à caminhonete vermelha...

Aquelas já eram notícias suficientes para desanimar qualquer um deles, mas ninguém esperava pela informação que a moça forneceu em seguida.

– ... meu contato no Departamento de Trânsito passou um fax para a delegacia. Doutor Antunes recebeu e acaba de confirmar. Não restam mais dúvidas: a única caminhonete que bate com a descrição e o número da chapa é de São Paulo e está registrada em nome de certa galeria de artes plásticas. Oficialmente pertence a um *marchand* acima de qualquer suspeita. Mas, extraoficialmente, consta que o verdadeiro dono é...

Para surpresa de todos, Ingra afastou-se dela, exclamando:

— Não! Ele não! Ele não pode ter nada a ver com isso!

A investigadora falou com uma voz doce, diferente de seu tom habitual, como se quisesse atenuar o golpe.

— Sinto muito, Ingra, mas vocês sempre quiseram saber a verdade, não é? Eu nem deveria estar dando essas informações, mas nós fizemos um pacto. A galeria e a caminhonete pertencem a João Carlos Lorquemad Júnior. Parece que JJ agora é um dos principais suspeitos pelo assassinato do pai.

— Foi por minha causa, não foi, Lisa? O Antunes sabe sobre nós.

A investigadora, que já ia se encaminhando para o elevador, parou no corredor e olhou para o namorado. Ele fechara a porta do apartamento para que os adolescentes não os ouvissem.

— Não tem nada a ver, Rildo. Já sabíamos que mais cedo ou mais tarde a PF ia assumir. Foi mais cedo.

Ele suspirou.

— Pode ser. Mas seu chefe nunca foi com a minha cara. Desde que estamos juntos ele te afasta de tudo que é caso importante. Já não bastasse o problema com as nossas famílias, agora estou interferindo na sua carreira...

Um beijo inesperado o fez calar-se. Anderlisa jamais tivera medo de demonstrar seus sentimentos.

— E eu interfiro na sua. Quantas vezes você deixou de publicar fatos importantes pra não prejudicar minhas investigações? Não se preocupe com isso, meu amor. Eles podem me afastar do caso, mas não podem me impedir de raciocinar... ou de visitar meu namorado e seus "amigos".

O elevador chegara. Ela abriu a porta e ia entrar, quando ele falou:

— Case comigo, Lisa. Agora. Se a gente der entrada nos papéis amanhã, em poucos dias podemos...

Ela sorriu tristemente ao entrar no elevador.

– Você sabe que não é simples assim. Vamos esperar mais um pouco... Logo este caso vai estar solucionado, eu vou tirar férias; preciso estudar e prestar os exames para delegada de polícia. Quando for delegada, mando pro inferno o Antunes, meu pai, todo o mundo. Só mais alguns meses, prometo.

O elevador desceu e Rildo voltou para o apartamento, imaginando se, algum dia, aquele caso seria mesmo totalmente solucionado. Começava a acreditar que não... porém, pelo bem de seus jovens amigos, esperava que sim.

Na sala, os três primos se preparavam para sair também. A avó os aguardava para o almoço. E seu Tito devia estar com o carro estacionado na rua, a esperá-los.

– Quando a gente se vê outra vez? – perguntou Fausto.

– Acho melhor esperarmos a Anderlisa dar notícias sobre esse negócio da Polícia Federal, aí eu telefono e a gente marca outro encontro.

Fausto concordou. Henri nem respondeu, ainda desarvorado. Não conseguia parar de pensar em como Suélen se sentiria se JJ fosse preso por assassinato. Ingra já ia para a porta quando Rildo os chamou.

– Esperem, com a saída da Anderlisa eu quase ia esquecendo de uma coisa importante... Lembram-se de que o Bruno encontrou uma citação de Mondraquezi, falando de uma tal sociedade filantrópica?

– Eles falaram, mas eu não vi ainda – retrucou Fausto.

Imediatamente o filho de Lucimara virou algumas páginas do álbum e mostrou um recorte. Ingra, Fausto e Henri espicharam os pescoços para olhar.

– O Bruno me mostrou ontem à noite – continuou Rildo. – Aí diz que Mondraquezi foi a um evento de caridade patrocinado por certa associação filantrópica chamada "Triângulo".

– Interessante, já que vovô tinha mania de triângulos – comentou Fausto.

– Além do sinal na carta que o Fausto viu, achamos o símbolo nas fachadas das casas dele, em um ícone do computador... – acrescentou Henri.

– E até na capa da Bíblia dele tem um triângulo – encerrou Ingra.

Rildo parecia nervoso. Seu bonito rosto negro mostrava pontos de suor.

– Acontece... que eu fiz a ligação dessa organização com uma outra que conheço de longa data... e se elas forem a mesma, então a encrenca é enorme.

Sob os olhares espantados dos quatro, que não estavam entendendo do que ele estava falando, Falcão foi até uma estante, pegou uma pasta e tirou de dentro dela um papel amarelado e chamuscado.

– Anos atrás, a redação do *A Verdade* foi empastelada por uma organização de extrema direita que costumava atacar, em várias cidades do interior, empresas que davam cargos importantes a pessoas da raça negra. Uma bela manhã nosso prédio apareceu invadido, arrebentado, as máquinas de escrever queimadas... e panfletos como este em toda a parte.

– Será o mesmo símbolo? – murmurou Fausto, ao ver o impresso.

Era um pedaço de papel bem queimado, com inscrições em vermelho, tendo a um canto um desenho quase irreconhecível. Podia ser um triângulo, mas também podia não ser. Fausto olhou com muito cuidado.

– Pra mim, é igual ao papel que o vovô estava lendo. Apesar de queimado e rasgado, dá para perceber a cor do papel, a cor das letras... na minha opinião, bate.

– Não dá pra ler direito o que tá escrito – comentou Henri.

Ingra, porém, quase que adivinhou.

– Aí diz "pela pureza da raça ariana". Parece propaganda nazista. Não é possível que o vô...

– Vocês eram pequenos nessa época, mas foi um tempo em que houve vários atentados de direita – explicou Rildo. – Alguns políticos e empresários da região andavam metidos num movimento secreto bastante antigo, que tinha raízes na época em que foi abolida a escravidão. Uma espécie de Ku Klux Klan latina. Nunca encontrei registros históricos dessa organização, porém um pesquisador amigo meu diz que ela foi fundada por gente que não se conformava com a ideia de igualdade racial. Sempre que eles atacavam, deixavam esse tipo de "recado".

– O que nosso avô tinha a ver com isso?

– Pelo que se apurou, os suspeitos pela invasão do jornal pertenciam ao partido político financiado por ele. Nunca prenderam ninguém... Mas o candidato mais importante desse partido era um certo doutor Petrônio, amigo íntimo de JCL.

Os primos trocaram outro olhar desgostoso. Petrônio era aquele "pegajoso", o "safado" que estivera no casarão apresentando condolências... E que fora advogado de JCL, destituído há poucos meses.

– E tem mais: o avô de vocês, a vida toda, teve fama de racista. Mesmo os agregados às suas fazendas, descendentes de ex-escravos, só continuaram nelas porque dona Maria Clara sempre os protegeu. Eu não tinha relacionado a sociedade de Mondraquezi com essa, mas, agora que tocaram no assunto, acho que pode haver uma relação, sim – completou o jornalista.

Quando finalmente Fausto, Ingra e Henri deixaram o apartamento do amigo e seu Tito os levou para a casa da avó almoçar, não tinham vontade de conversar. Fizeram o trajeto inteiro em silêncio. Havia muito em que pensar, tantas perguntas sem resposta!

Como encontrar as cópias dos arquivos misteriosos do avô?

O que se descobriria se realmente exumassem o corpo?

Qual a ligação de JCL com a organização racista?

O que ele guardara nas páginas amareladas da Bíblia?

O que acontecera ao dentista desaparecido na Espanha?

*Quem matara Francesca, a modelo que namorava **el brujo** e o avô?*

E... estaria mesmo tio JJ envolvido no assassinato de JCL?

Somente quando já andavam nos jardins do edifício foi que Ingra dirigiu a palavra aos dois garotos.

— Isso fica mais confuso a cada dia. Porém o mais importante nós não investigamos. Vocês sabem.

Sim, eles sabiam. A ideia estivera na cabeça dos três o tempo todo, já não podiam mais adiar. Por intermédio de Rildo, Anderlisa, Suélen e Bruno eles haviam descoberto muitos indícios... e a situação continuava tão obscura quanto no início. Havia uma coisa que eles precisavam, deviam fazer.

Antes de entrar no apartamento, combinaram que, na primeira oportunidade, iriam ao Refúgio do Riacho. Não importava se o fogo consumira tudo; eles tinham de ver, com os próprios olhos, a cena do crime.

CAPÍTULO 16

Não demoraram muito para decidir: seria no sábado mesmo, logo após o almoço, com o apartamento do centro praticamente vazio e o escritório ainda trancado. Falaram com Suélen e ligaram para Bruno na casa de Rildo, combinando a ida ao Refúgio do Riacho. Para não dar na vista iriam de bicicleta, com a desculpa de conhecer o parque da cidade, próximo ao Jardim Zurique. Bastava que seu Tito os levasse ao casarão, onde, na garagem, havia muitas *bikes* à disposição da família.

Duas horas da tarde. Os cinco primos se reuniram no portão da garagem da casa, dispostos a tudo. Suélen espalhara que Bruno era seu colega de colégio, assim o novo membro da "turma" não despertaria suspeitas. Pedalaram sob o sol forte, as cabeças protegidas por bonés; a princípio, foram na direção do parque. Mas logo mudaram de rumo e entraram na estrada para a periferia. Suélen, que morava na região, ia na frente: era também a mais acostumada com o calor.

Suados, mas elétricos, chegaram afinal ao lugar.

Os muros e portões da propriedade estavam lacrados com fitas plásticas amarelas, colocadas pelos investigadores.

Um carro de polícia estava estacionado a certa distância, na estrada. Em resposta aos olhares preocupados dos quatro primos, Suélen fez um sinal com a cabeça e recomeçou a pedalar; os outros a seguiram, vendo que a garota contornava os muros e entrava numa ruazinha lateral cheia de mato.

– Por aqui a gente entra no Refúgio sem a polícia notar – ela disse, assim que se afastaram da estrada. – Tem um portão do lado.

De fato, logo deram com um velho e alto portão de madeira trancado a cadeado. Ali também viram uma fita plástica lacrando a entrada, mas não havia sinal de vigias. Os jovens desceram das bicicletas, encostaram-nas junto ao muro e subiram pelas traves do portão de madeira com agilidade.

Finalmente estavam no Refúgio do Riacho. Correram em meio ao mato na direção das casas, e logo puderam ver o que sobrara do velho casarão. Tristonhos, contemplaram os restos enegrecidos pela fuligem. Apenas algumas colunas restavam em pé, esqueletos da mansão de tantas memórias familiares...

Andaram com cuidado entre os escombros. O fogo avassalador consumira móveis, roupas, louças, joias, até o velho piano em que Maria Clara tocava suas músicas prediletas. Caminhando pelas ruínas, os garotos tinham lágrimas nos olhos. O casarão dos avós reduzira-se a cinzas.

Não havia o que fazer ou olhar. Penetrar mais na casa queimada poderia ser perigoso. Melancólicos, pensando que a visita fora em vão, eles deixaram o que restara da mansão. Iam voltar ao portão lateral e pegar as bicicletas para voltar à cidade, quando Ingra falou:

– Tem gente naquele casebre, atrás da casa do caseiro...

Os primos olharam na direção em que ela apontava. Realmente a janela estava aberta e saía fumaça pela chaminé, pois ali ainda se usava fogão a lenha.

– Quem sabe o Jaime Pastor apareceu – disse Suélen.

– Não, pode ser o antigo caseiro que voltou – retrucou Fausto. – O Jaime Pastor era só um substituto.

– Se ele voltasse ia ficar na casa dele, não num casebre. Vamos conferir isso agora mesmo – adiantou-se Bruno, decidido. Correu em direção à casa, seguido pelos outros primos. Quem sabe a visita ao Refúgio do Riacho não tivesse sido totalmente em vão.

Arfantes e curiosos, chegaram quase ao mesmo tempo em frente ao casebre, de onde vinha um cheiro bom de algo cozinhando...

Ingra bateu levemente na porta. Logo mais, para espanto dos garotos, atendeu um homem negro, muito alto e magro, de cabelo todo branco.

– Cêis querem arguma coisa? – disse o velho, encarando os garotos com um olhar penetrante. No fundo daquele olhar, Ingra percebeu vestígios de extrema bondade.

– Desculpe, a gente pensou que fosse o antigo caseiro, ou então o Jaime Pastor, que ficou no lugar dele – atrapalhou-se a garota.

– O Lizário saiu de *viage*, e o Jaime eu *num* sei por onde anda.

– E o senhor quem é? – perguntou Fausto, curioso.

– Entra, gente. Tô cozinhando espiga de *mio*, querem?

Sobre o fogão a lenha, um tacho fervia. Era dali, do milho cozendo, que saía o cheiro bom que eles haviam sentido.

– Tem banco, senta aí – apontou o velho, feliz em ter companhia.

– O senhor sabe quem a gente é? – insistiu Fausto.

– Ah, eu imagino. – O homem riu de novo. – Cria dos *fio* do seu João *Carlo*, o dono do casarão que *pegô* fogo...

– O senhor conhecia o vô? – quis saber Henri, assombrado com a facilidade de resposta do outro.

– Desde que nasceu – disse ele. – Meu nome é Belarmino, vivo aqui faz tempo, a mãe e a avó também viviam aqui. Minha avó foi escrava... eu não. Já nasci *dispois* que a princesa *libertô* os *escravo*.

– Mas a gente nunca viu o senhor por aqui – disse Fausto. – Onde é que o senhor mora, afinal?

O homem foi até o fogão e mexeu as espigas dentro do tacho.

– Ah, menino, agora eu vivo por esse mato afora, sumo, apareço... Quando a princesa *libertô* os *escravo*, a avó *ficô* por aqui. A mãe e eu *trabalhamo* a vida toda na fazenda; mas agora só sobrei eu, do povo antigo. Seu João *Carlo num* queria me ver zanzando *pelaí* quando *cêis* apareciam. Já a Dona Clara sempre *gostô* de mim.

Suélen assentiu com a cabeça.

– Eu já vi o senhor de longe na fazenda, mas faz tempo. Nas vezes que minha mãe vinha com a dona Maria Clara pro casarão.

O velho sorriu para a garota.

– Conheci *tamém* sua mãe, moça boa. Hoje em dia quem trabalha pra família é bem tratado... Mas antigamente *num* era *ansim*. Minha avó contava que no tempo dela o casarão aí era de um sinhô de escravo muito sem coração. Por causa dele é que teve a *mardição*. – Ele se benzeu três vezes em cruz.

Ingra sentiu o coração esfriar dentro do peito. Com um princípio de tonteira, sentou-se num banco de madeira. Belarmino olhou fundo para a garota, como se soubesse de muita coisa. E, assim como quem não quer nada, enquanto as espigas cozinhavam, ele começou a falar, contando uma história incrível que deixou pasmos de espanto os primos reunidos na pequena casa...

Ali tinha sido uma fazenda de café imensa; e a casa grande, a sede, era o tal casarão reformado que o fogo destruíra.

O dono da fazenda e morador do casarão naquele tempo era sinhozinho Julio, homem cruel, o bisavô de JCL. Possuía muitos escravos e um feitor ainda mais cruel, que se ufanava de trazer os negros com coleira curta: mulambou no eito, ia pro tronco, o lombo virava carne de chibata...

Sinhozinho Julio gostava das meninas novas, de preferência virgens. Comprava as escravas mais bonitas só para o seu harém particular.

Houve uma escrava, contudo, que diziam ter sido princesa lá na África. Ela se revoltou, não quis dormir com o sinhozinho. Ameaçou-o com uma faca.

Julio virou fera acuada. Primeiro mandou a escrava pro

tronco, onde ela levou muitas chibatadas. Depois mandou enterrá-la ainda viva, só com a cabeça de fora, numa capoeira no meio da mata. Também ordenou que o feitor despejasse nela um cântaro inteiro de melado... e deixou a princesa africana ali para ser comida viva pelas formigas e outros bichos da floresta, atraídos pelo cheiro de melado e de sangue.

Os outros escravos, apiedados, vieram de noite e desenterraram a pobre moça... Mas ela já perdera as forças e logo depois morreu. Porém, antes de morrer, pronunciou uma maldição: a partir do sinhozinho, todos os outros que fossem donos do casarão seriam consumidos pelo fogo! Mesmo os inocentes pagariam pelos pecadores...

Num dia em que Julio saiu pra caçar, aconteceu... o céu de repente encobriu-se e uma tempestade caiu. Ele estava na capoeira, apeou do cavalo e tentou esconder-se – com o feitor que sempre o acompanhava – debaixo dos pés de embira e de cipó.

E então um raio caiu bem em cima da capoeira! Sinhozinho e o feitor ficaram torrados como carvão na fogueira. Não deu para saber nem quem era um, nem quem era o outro.

Os primos estremeceram. Ingra, ainda sentada no banco de madeira, antecipava a maior revelação da sua vida. Todo o seu pressentimento, na chegada a Santo Antônio das Rochas, quando uma voz interior lhe segredara: "afaste-se daqui, fique longe daqui..." parecia aflorar em ondas à sua mente...

Belarmino fez uma pausa, suspirou fundo e concluiu:

– Sei lá se foi a *mardição*, mas muita desgraça aconteceu *dispois* disso. Primeiro foi o filho mais velho do sinhozinho Julio, quando eu era menino. Morreu no incêndio de 1920, que *queimô* metade da cidade. E o único neto homem que Julio teve, pai de seu João *Carlo*? Ele tinha uns cinquenta e oito *ano* quando morreu num avião que caiu, *queimô* também. Eu *inda* trabalhava na fazenda... Me *alembro* bem. *Passô* o tempo, e daí teve a moça... Faz uns cinco *ano*. Ela era tão bonita, tão boa.

Não foi somente Ingra, nesse momento, que teve a intuição do que o homem estava prestes a contar. Os primos lembraram que há cinco anos, Aura, mulher de tio Plínio, morrera... Mas ninguém disse nada. Belarmino prosseguiu:

Um dia... a moça ouviu contarem a história da escrava e cismou de conhecer a tal capoeira onde tudo acontecera. O velho, sogro dela, foi junto para mostrar o lugar. Rindo, o safado, porque não acreditava em nada daquilo; dizia que era besteira, invenção do povo...

Então o lugar virou um inferno. Dois jagunços irromperam na mata, atirando e jogando bombas de fumaça. O velho foi ferido e gritou, chamando seus seguranças. Mas, quando eles e o povo do casarão chegaram, era tarde demais: os pistoleiros, antes de fugir, haviam jogado uma bomba que explodiu e incendiou o mato seco – o patrão estava machucado, mas a moça, nora dele, estava morta. Pelo fogo...

– Tão bonita ela era. Morreu no lugar do safado. A Polícia diz que *procurô* em tudo que foi lugar e nunca *pegô* os *bandido*... Mas ninguém escapa do destino. E o dele sempre foi *cumpri* a *mardição* do fogo.

Ingra emudecera. Os primos, aparvalhados de espanto,

sacudiram-na em vão. Seus olhos boiavam, perdidos no espaço como estrelas apagadas...

Tentando ajudar, Suélen pegou uma caneca e encheu de água; trouxe em seguida para Ingra, que, com os dentes cerrados, não conseguia engolir.

Bruno, maravilhado com a história, não queria perder a oportunidade que se apresentava.

– Escuta, seu Belarmino, o senhor disse que a moça "morreu no lugar do safado". O que mais sabe da vida do meu avô, afinal?

O homem respondeu, sério:

– Que ele era que nem o bisavô, um *marvado* que não gostava de negro, preferia como era no tempo da escravidão. O Jaime Pastor me *contô*, mas eu já sabia antes. Tenho quase noventa *ano*, sei de muita coisa, menino...

– Então ele tinha de morrer pelo fogo... é isso? Como disse a maldição?

– Tenho muita pena da família *docêis*, sabia? Tanta cobiça, tanta *ganança*, pra quê? Já morreu gente, vai *morrê* inda mais... Eu sei. Eu vejo. Essa *mardição* da princesa só vai *terminá* quando alguém da família, alguém de bom coração... for capaz de *perdoá*.

Enquanto isso, na delegacia, Anderlisa aguardava o tal agente da PF. Estava tomando café quando o delegado mandou avisar que ele chegara, afinal.

Pegando a pasta com o dossiê, Anderlisa dirigiu-se à sala do delegado. Um homem levantou-se à sua entrada. Doutor Antunes, parecendo alterado, apresentou:

– Este é o agente Paulo Azambuja, da PF. As investigações sobre o incêndio e a morte de JCL, daqui para a frente, estarão sob a responsabilidade dele.

Paulo estendeu a mão para Anderlisa. Ela, paralisada pelo choque, não esboçou movimento. Conhecia-o, tinha certeza. Mas de onde?... Imagens pipocaram em sua mente, até que uma lembrança a fez soltar uma exclamação. Ela vira aquele rosto, sim, em fotografias; e ouvira moradores da cidade descreverem-no várias vezes. Por isso a alteração de Antunes: o agente designado pela PF era aquele que se dizia o caseiro substituto, Jaime Pastor!!!

CAPÍTULO 17

Fausto, um tanto constrangido, mas ostentando certo ar de respeito, foi o primeiro a falar depois do silêncio que se seguira à história do velho.

– Eu... sinto muito, Ingra... não tinha a menor ideia.

Mais recomposta, a prima suspirou.

– Não tem problema. Sei que você não acredita muito nisso, Fausto, mas eu... acho que sou meio sensitiva. Estava esperando por alguma coisa assim.

Os garotos se entreolharam, sem saber o que dizer. Suélen abraçou Ingra, que continuava falando.

– Agora sei por que meu pai evitava me trazer para cá depois da morte de mamãe. Ele sabia que eu ia sofrer quando soubesse dos detalhes.

– Ingra, desculpe perguntar, mas... – começou Henri, sem jeito. – Eu não sabia dessa história do atentado contra o vô. Você não se lembrava disso, nem da maneira como a sua mãe morreu?

– Não, Henri, eu tinha só uns nove anos na época. Me disseram que foi um acidente... e toda vez que eu pensava no assunto, uma espécie de bloqueio não me deixava ir adiante. Morria de medo de tocar nisso, sabia que papai não queria comentar. Era como se alguma coisa estivesse me dizendo sempre "esqueça isso, você vai sofrer..." – explicou Ingra.

Fausto sinalizou aos outros para que mudassem de assunto. A morte da tia Aura, a mãe de Ingra, era um dos muitos mistérios da família e, provavelmente, quase nada mudaria depois daquela revelação.

Seu Belarmino, que voltara a mexer o tacho de milho cozido, retirou algumas espigas e ofereceu aos primos, num prato tosco. Bruno, sem cerimônia, serviu-se logo. Os outros o imitaram, com exceção de Ingra. E só depois de esvaziarem o prato foi que Suélen lembrou:

– Acho que já está na hora da gente ir, não é, pessoal?

– É. Logo escurece... – concordou o homem, sempre rindo.

– E hoje tá *quereno* cair uma chuvarada que Deus me livre...

Com os cinco já montados nas bicicletas, Henri e Suélen começaram a puxar o pequeno cortejo. Ingra logo passou à frente deles e, na rabeira, seguiram Fausto e Bruno. No céu, nuvens de chuva se amontoavam.

Rildo Falcão havia esticado até as três e meia da tarde, sem almoço. Várias matérias da edição de domingo estavam atrasadas, como sempre. Agora, depois de tudo resolvido, ele podia tomar um banho e fazer um lanche. Ele merecia!

E podia, também, voltar a pensar no seu futuro com Anderlisa. Já era coisa para ocupar sua cabeça até a noite.

O garoto que ele hospedava, Bruno, havia saído com os outros primos, e não tinha voltado ainda. Que loucura! O mundo estava de pernas para o ar em Santo Antônio das Rochas, e tudo por causa do seu filho mais ilustre, João Carlos Lorquemad. Rildo saiu do banho ainda inquieto, esfregando-se com a toalha, impaciente, e vestindo uma das suas bermudas de estimação.

Foi quando a campainha soou.

Será que Bruno havia se esquecido de levar a cópia da chave? Só ele e Anderlisa estavam autorizados a subir sem que o porteiro precisasse avisá-lo. Não era nenhum dos dois. Pelo olho mágico, não reconheceu imediatamente o visitante. Abriu a porta com cautela, e não conseguiu conter a surpresa:

– Você?

O agente Paulo Azambuja sorriu.

– Algo de estranho na minha pessoa? – perguntou.

Anderlisa finalmente estendeu a mão, respondendo ao cumprimento. Estava familiarizada com o olhar enérgico e o queixo forte, por tê-lo visto em fotografias, embora vestido com roupas bem mais modestas. Então o agente Azambuja circulava pela cidade há meses, dando corpo e veracidade a um personagem! E não havia melhor maneira de fazer isso do que na pele de um inocente pastor – primo do caseiro Lizário. Passeava por Santo Antônio, convivia com o povo e investigava. Quando o outro saíra de férias ficara como substituto, no olho do furacão.

– Confesso que não me passou pela cabeça que o senhor já poderia estar investigando antes de assumir oficialmente o caso.

– Por favor, tire esse incômodo "senhor" das suas frases. Somos colegas. Como a investigação preliminar era sigilosa, até hoje nem mesmo o Antunes aqui sabia da minha dupla identidade. E desculpe se esse fato a deixa embaraçada. Não foi minha intenção... – acrescentou, com elegância, o agente.

– É. Mas faz sentido. Percebo que o caso já era bem complicado, antes mesmo do incêndio. Não há embaraços – concluiu Anderlisa, novamente dona do seu autocontrole. – Estou ao seu dispor para qualquer ajuda ou informação.

– Obrigado – respondeu o agente, indicando as duas cadeiras diante do delegado Antunes.

– Bem, podemos ir direto aos fatos, senh... Azambuja. Acredito que não vá mais manter em sigilo as razões de a PF estar interessada em JCL.

– Certamente.

Apesar dos ventiladores, a sala do delegado estava abafada. Fora, sobre a cidade, o céu escurecia rapidamente num prenúncio de chuva.

– Devo deduzir então que o caseiro que o indicou como substituto... – recomeçou ela – era, no mínimo, um informante.

– Prefiro dizer que era nosso colaborador. Lizário foi caseiro da família Lorquemad por dez anos. Nós o abordamos e convencemo-lo a ajudar. Não foi difícil, depois que lhe mostramos que corria risco de vida. Ele andava com medo desde um atentado contra JCL, anos atrás, no qual faleceu a nora deste.

Anderlisa prendeu a respiração, pensando em Ingra. A mãe

da menina morrera há cinco anos. Um atentado... provavelmente abafado pela poderosa família. Por que Antunes não mencionara aquilo quando a encarregara de procurar pistas? Estaria ele escondendo mais alguma coisa?

O delegado, desconfortável com o olhar dela, desconversou:

– Tentamos achar você quando ainda pensávamos que fosse o caseiro substituto, para um interrogatório. Mas não encontramos nem sinal. Suspeitávamos até que fosse cúmplice do sinistro.

– Na verdade o sumiço de Jaime – meu *alter ego* – ocorreu por motivos alheios ao caso. No dia seguinte ao incêndio fui chamado por meu superintendente para uma investigação paralela, na fronteira. Eu pretendia voltar antes, mas a coisa se complicou e não foi possível. Só fui liberado hoje.

Antunes não parecia convencido, mas continuou, educado.

– Tentamos também localizar o Lizário, e nada. Já que era informante, suponho que a PF o escondeu.

– Sim – foi a resposta de Azambuja. – Foi levado a uma cidade distante, para que ficasse seguro. Nós nos aproximamos dele, à procura de provas para incriminar o empresário em certas atividades ilegais, pouco antes da morte de um elemento muito ligado a JCL.

– Mondraquezi...

– Exatamente. Estávamos atrás dele, pois tinha conexões com gente importante ligada ao cartel das drogas na América Latina. E isso não passou despercebido: *el brujo* sumiu; tivemos de refazer toda a equipe e os planos, concentrar nossos esforços no território de seu contato mais próximo, JCL. Não estamos lidando com amadores. Nos momentos cruciais, o caso foge ao nosso controle. Como o próprio Mondraquezi, de quem perdemos todos os sinais.

– O mesmo pode ter acontecido com João Carlos Lorquemad.

– Exatamente. Ainda não sabemos se o corpo pertence a ele ou não. E, para complicar um pouco mais, o seu dentista, o doutor Eduardo...

– Está na Espanha – disse Antunes, querendo interferir no diálogo dos outros dois. – Temos tentado localizá-lo desde o incêndio.

Um sorriso melancólico surgiu no rosto de Paulo Azambuja.

– Na verdade ele acaba de ser encontrado num subúrbio de Sevilha – anunciou. – Não muito bem de saúde, infelizmente.

– Era de se esperar – murmurou Anderlisa, olhando de viés para o delegado Antunes, que acusou surpresa.

– M-morto? – tartamudeou ele.

– Outro defunto na história. Onze facadas. Foi encontrado esta madrugada – confirmou o agente da PF. – Desculpe não haver comunicado o fato mais cedo, Antunes, mas não pude me revelar antes de hoje. E só minutos atrás recebi a notícia da identificação do corpo.

– O Eduardo era o meu dentista... – gemeu o delegado, abatido. – Nunca poderia imaginar que...

– Estava envolvido, sim, doutor – estocou Azambuja. – Em várias atividades ilegais. Quer um indício? Dei busca em seu consultório após o incêndio, pouco antes de viajar, e não encontrei nenhuma ficha, radiografia ou anotação, nenhum sinal de que JCL fizesse tratamentos dentários com ele.

– E, no entanto, fazia – assentiu Anderlisa. – Todos com quem conversei confirmaram isso. Para ir ao dentista, como para várias outras coisas, JCL preferia a calma da cidade pequena ao trânsito da capital.

– Mas voltando ao nosso místico, Anderlisa.

– Sim, Mondraquezi. O que o ligava a JCL?

– Pelo que sabemos, eram amigos desde a década de 1970. Além de serem parecidos fisicamente, ambos tiveram um caso com a modelo assassinada, Francesca Smiran. Mondraquezi era uma personalidade bizarra, um místico, escorregadio como o diabo.

– E o acidente das lanchas em Angra dos Reis? – indagou Antunes, tentando voltar à conversa. – Acha que armaram para forjar a morte dele?

– Talvez. De qualquer forma, a explosão serviu aos interessados: desde aquele dia, *el brujo* desapareceu – disse Azambuja.

A cabeça de Anderlisa parecia um computador, processando informações sem parar:

– Agora, se você era o caseiro substituto, e estava no Refúgio vigiando JCL, deve ter visto o incêndio começar.

– Pois é – suspirou o agente federal. – E não pude fazer nada... Primeiro, a caminhonete chegou; depois ouvi uma discussão entre dois homens no casarão... Infelizmente não reconheci o motorista, embora quando ele saiu tenha seguido o veículo por algum tempo. Da estrada, vi o clarão do fogo, acionei os bombeiros e a PF – mas aquilo já era um verdadeiro inferno... Mais uma vez, eles nos passaram a perna, e foi falha minha.

– Bem. Somos humanos, afinal – concordou Anderlisa. – Quer examinar os depoimentos das testemunhas? Uma cópia deles está neste dossiê.

– Sim, gostaria. Não podemos perder tempo, e não vejo motivo para continuar mantendo segredo sobre minha identidade. Mesmo sendo domingo amanhã, pretendo conversar com os filhos de JCL logo cedo. Espero não lhes tirar o apetite para a macarronada...

– Eu sugeriria que falasse primeiro com Pascoal e Plínio, os dois filhos mais chegados ao velho Lorquemad. Eles não devem saber ainda das provas que estão surgindo contra JJ, o irmão mais novo. A caminhonete...

– Eu tenho outras coisas interessantes para levantar contra JJ, além da caminhonete ser propriedade dele. O frentista de um posto de gasolina local concordou em depor a respeito de dois galões de óleo *diesel* que ele comprou poucos dias antes do incêndio.

Antunes, cansado de ser o último a saber de tanta coisa, explodiu:

– Se é assim, estamos perdendo tempo! Deveríamos segurar JJ o quanto antes. Apesar de não ter sido preso em flagrante, pelo menos podemos pedir a sua prisão provisória para averiguações. Até agora é o único suspeito viável que apareceu: é herdeiro, esteve no local do crime, discutiu com o pai, teve como causar o incêndio...

Paulo Azambuja sorriu ironicamente. Anderlisa podia jurar que ele estava brincando de gato e rato com Antunes. Por quê?

– Pode pedir já um mandado ao juiz, delegado. Mas a prisão dele não vai desfazer minhas suspeitas a respeito de outras pessoas. Os outros filhos também estão escondendo o leite. Eu soube, por exemplo, que Pascoal veio se encontrar com o pai a portas fechadas na quinta-feira anterior ao crime.

O delegado fez um movimento repentino com a cabeça, traindo nova surpresa. Anderlisa lembrou as trocas de olhares entre Fausto, filho de Pascoal, e o primo, Henri. Aqueles garotos sabiam mais do que haviam contado a ela...

– Não vejo aí nada de mais. Pode ter sido um problema familiar qualquer.

– É o que veremos, doutor Antunes. É o que veremos... – respondeu o agente, aumentando a dose de ironia.

Assim que o visitante entrou, dirigindo-se ao centro da sala, Rildo Falcão fechou cuidadosamente a porta.

O homem tinha um brilho decidido nos olhos claros. Era relativamente jovem, apesar das entradas nos lados da cabeleira castanha e do bigode aparado com exatidão. Com um sorriso irônico, perguntou:

– Consegui assustá-lo?

– Maurício, meu velho! Há quanto tempo! Vem cá, rapaz! Me dá um abraço! Como é que vai Águas de Lindoia?

– Como sempre esteve, nem melhor, nem pior... Eu é que estou arrumando uma encrenca para mim. Uma sociedade numa pousada, imagine!

– Já falou com Débora? Ela sabe que está na cidade?

– Calma, parceiro! Cheguei há pouco, fui para o apartamento dos avós e não encontrei ninguém, só a Arlete. Segundo ela, Débora continua no casarão com os irmãos. Henri e os primos foram andar de bicicleta no parque. Dona Maria Clara saiu inesperadamente para tomar chá não sei com quem... O clima estava esquisitíssimo! Achei melhor consultar você antes de avisar minha mulher e ir "encarar as feras".

– O Henri comentou que falou com você pelo telefone anteontem. Ele contou que temos conversado muito estes dias? – Disse. Se eu conheço meu filho e você, sem mencionar a sua namorada na polícia, imagino que estejam todos investigando a morte do querido vovô Lorquemad...

– Ah, esse é o meu velho amigo professor Maurício. Só você e o JJ para tratar o velhote sem as formalidades de praxe... Toma um vermute?

– Aceito. E eu levo algumas vantagens sobre o meu caro cunhado. Ele fala mal do pai, mas nunca deixou de torrar o dinheiro do velho. Já eu... graças a Deus, desse dinheiro sujo nunca aceitei um tostão.

Enquanto Rildo pegava as taças na cozinha, o marido de Débora conferiu, pela janela, as gotas de chuva que começavam a molhar a cidade.

– Bom, você acha que andamos investigando o assassinato – continuou o jornalista. – Acertou, estamos enterrados nisso até o pescoço. Mas também tenho um palpite de que você não veio até aqui para descansar...

– Elementar, meu amigo. E como estão atolados nas investigações, pode me dizer se Henri já conheceu o novo primo?

– Comprou uma bola de cristal, professor? – Sorriu o jornalista, estendendo uma taça para o amigo. – Então sabia da filha que o seu sogro arrumou fora do casamento.

– Lucimara Levington? Eu a conheci há cinco anos em São Paulo...

– Como foi isso, rapaz?

– Há alguns anos fiz uma palestra em São Paulo, num seminário. Era patrocinado por uma multinacional onde, por coincidência, Lucimara trabalhava. Quando soube, por um amigo comum, que eu era ligado a certa família em Santo Antônio das Rochas, a moça me abordou e contou a história toda, sem o menor constrangimento. Falou que tinha um filho chamado Bruno e me apresentou ao marido, Joenir Maranto, no encerramento do evento. Na verdade, eu já conhecia Joenir de longa data... Mas essa é outra história.

– Espere aí... está me dizendo que o pai de Bruno é Joenir Maranto? Joenir **Bravin** Maranto?!

Maurício afastou-se da janela e sentou-se no desconfortável sofá. Ele sorriu, triste, enquanto assentia com a cabeça.

– Mas isso muda tudo – continuou Rildo. – E você não contou nada disso para Débora?

– Ela andava tão deprimida... – suspirou Maurício. – Foi mais ou menos na época em que Aura, nossa cunhada, morreu. Achei melhor que ela não conhecesse mais essa encrenca do velho safado.

– Que coisa, hein? Pois o garoto, Bruno, fugiu de casa, veio para cá conhecer os primos e agora anda com eles para baixo e para cima. E está hospedado aqui, neste apartamento...

O pai de Henri levou a taça aos lábios, sorveu um gole demorado de vermute e concluiu:

– Aliás, estaria mentindo se dissesse que nunca mais vi esse pessoal. Na verdade acabo de vê-los na rua principal, aqui em Santo Antônio. Lucimara desceu de um gol vermelho dirigido por Joenir. Estavam tão concentrados na conversa que nem me viram... A essa altura dos acontecimentos isso significa mais problemas à vista, meu bravo jornalista. Bem, depois destes drinques, acho que você está preparado para ouvir uma historinha...

Um trovão ameaçador ribombou no apartamento. Rildo arregalou os olhos e tomou um gole de sua bebida, nem de longe preparado para as novas revelações de Maurício.

CAPÍTULO 18

Ingra foi a primeira a chegar ao casarão. Henri e Suélen vinham logo atrás, mas a garota não os esperou. Apressada, fez sinal a Henri para que guardasse sua bicicleta e correu para a porta. Estava decidida a falar com o pai enquanto tinha a história de Belarmino ainda fresca na mente. Antes de entrar, olhou a fachada: a reforma não apagara totalmente os vestígios do relevo que houvera ali. Havia irregularidades onde a marca existira.

Suspirou ao lembrar o desenho descrito em detalhes por Fausto: o triângulo com os vértices em chamas... Abanando a cabeça, entrou.

Deu com Débora saindo do escritório com uma bandeja cheia de xícaras usadas. A tia sorriu para ela, sem perceber a alteração que ainda se via em seu rosto, já que a sobrinha estava parada na porta, contra a luz.

— Já chegaram? E então, gostaram do parque?

Disfarçando o nervosismo, Ingra respondeu:

— É bonito, tia. Agora... eu preciso muito falar com o meu pai.

A tia apontou o salão com o queixo.

— Ele está ocupado com seu tio. É melhor você deixar para mais tarde.

A garota ia replicar, porém Débora seguiu com a bandeja pelo corredor, sem parar de falar.

— E diga aos seus primos para virem tomar um lanche na cozinha. De qualquer forma, seu Tito foi chamado por vovó Clara e não pode levar vocês à cidade agora... terão de esperar que ele volte.

Mas Ingra não a obedeceu. Com a sensação de que havia algo errado em outra reunião familiar, esperou a tia entrar na cozinha e esgueirou-se para o quintal pela porta lateral. Aproximou-se das grandes janelas do salão, que estavam entreabertas.

Magrinha, não precisou de muito esforço para entrar pelo vão da janela e esconder-se atrás das espessas cortinas – o lugar de onde Fausto e Henri, dias atrás, haviam ouvido a primeira conversa entre pais e tios.

Prendeu a respiração. Estava espremida entre a vidraça e a cortina, ouvindo tudo que era dito ali.

– O levantamento dos bens está terminado – dizia Plínio.

– Podemos dar entrada na papelada do inventário segunda-feira.

– Os relatórios também, graças a Leonora – acrescentou Pascoal.

– Pelo menos agora ela está desligada da empresa – disse Plínio, balançando a cabeça. – A demissão dela foi entregue esta manhã. Mas não vamos cantar vitória ainda. Aquela mulher sabe demais sobre os negócios de papai. E ainda teremos de lidar com o bendito processo de paternidade...

Pascoal, que parecia aflito a olhar o relógio, falou, impaciente.

– Vamos encarar um problema de cada vez. Terminou, Plínio? Já estamos mexendo nessa papelada há horas...

– Acho que não há mais o que discutir, gente – decidiu Débora, voltando ao salão. – Papai está morto e enterrado. Pela exposição que Plínio fez, sobre as dívidas pendentes e o dinheiro que o governo deve à empreiteira...

– ...não há nada que possamos fazer no momento, só esperar – completou Pascoal.

– Então vamos descansar – finalizou a mãe de Henri. – As crianças chegaram do parque, vou servir um lanche antes que seu Tito venha buscá-las.

Plínio aproveitou o silêncio que se fez para soltar a última bomba.

– Mais um pouco de paciência, eu ainda tenho uma coisa a dizer. E é sobre o JJ. Por isso não quis que o chamassem esta tarde.

Atrás da cortina, Ingra lembrou as palavras de Anderlisa, sobre as suspeitas contra tio JJ. Apurou os ouvidos para o que o pai iria dizer.

111

– Naquela papelada que recebi de papai há três meses, havia um documento que ainda não mencionei. Estava esperando para ver se encontraria uma confirmação nos arquivos dele... e hoje encontrei.

Enquanto Plínio retirava alguns papéis da pasta, os outros irmãos entreolharam-se. Pela seriedade com que ele falava, sentiram que podiam esperar por mais uma surpresa. E desagradável.

– Nós sabíamos que mamãe e papai brigavam demais ultimamente. Suspeitamos que fosse pelo motivo usual: suas escapadas, as modelos com quem ele saía. Mas na verdade a razão era outra.

Pascoal tomara a papelada das mãos do irmão e olhava para aquilo como se já esperasse por algo do gênero.

– Isto aqui... mostra que papai deserdou JJ da herança.

Ingra estremeceu no esconderijo. Um ar de espanto tomou conta dos demais. Estariam pensando, no fundo, que se JJ fora deserdado... então sobraria mais para cada um, na partilha da herança?

Plínio, porém, continuava:

– Fazia tempo que papai pensava nisso. Queria pedir em juízo que JJ fosse declarado "pródigo", sendo representado dali por diante por um curador legal, talvez você, Pascoal.

– É, eu sabia mais ou menos o que estava acontecendo – replicou o irmão mais velho.

Débora, estarrecida, olhou feio para o irmão enquanto Plínio concluía:

– Não sei como, mas JJ descobriu esses planos de papai e apareceu um dia, armado, na sede da empreiteira. Ameaçou o velho, fato que foi testemunhado por Leonora e alguns funcionários. Aí, foi a gota d'água: papai o deserdou.

Henri colocou a bicicleta no canto de onde a tirara, antes do passeio ao Refúgio. A seu lado, na garagem escura, Suélen acomodava as que ela e Ingra haviam usado. Os outros primos não haviam aparecido ainda.

– Por que eles estão demorando tanto? – ela disse, incomodada.

— Ah, o Bruno e o Fausto são moles, moram em cidade grande. Andam de bicicleta bem menos que nós, que somos do interior... Aposto que nem viraram a curva da estrada ainda.

— E a Ingra, por que será que entrou com tanta pressa?

O garoto deu de ombros.

— Acho que foi falar com tio Plínio. Coitada, foi um baque pra ela aquela história da morte da tia Aura.

— E o Fausto se fazendo de sensível – sorriu ironicamente Suélen. – Você também. Eu vi que ficou o tempo todo preocupado com a Ingra.

Ele notou certa irritação na voz dela.

— Que foi, Suélen, está com ciúme? Eu não tenho nada de mais com a Ingra, ela é minha prima.

A irritação de Suélen, em vez de diminuir, aumentou.

— Eu sou sua prima também. Já se esqueceu?

Depois de todas as emoções do dia, ficar em companhia da menina na garagem semiescura, com a chuva começando a cair lá fora, estava afetando os nervos de Henri. Será que aquela garota não percebia o quanto mexia com ele? Que ela fazia seus hormônios ferverem?

– Não – disse, sentindo-se avermelhar. – Está aí uma coisa que eu não consigo esquecer, nem por um minuto. Minha prima! Eu não consigo acreditar nisso, Suélen. Você não pode ser minha prima. Não pode!

E, sem que ela tivesse tempo de falar, no impulso mais inesperado da sua vida, Henri aproximou-se dela e beijou-a na boca.

Suélen desvencilhou-se, confusa. Sempre pensara em Henri como um menino tímido, quieto. E ele a beijara...

Mas os dois não tiveram tempo de conversar sobre o que acontecera. Ouviram um barulho, vindo da porta da garagem. Uma batida. Passos. Alguém se afastava. O ronco de um motor de carro...

Correram para a porta. Nuvens escuras cobriam o céu de Santo Antônio das Rochas. E não havia ninguém à vista, nem próximo ao casarão nem na rua. Fausto e Bruno aparentemente não haviam chegado.

– Você ouviu? – murmurou ela. – Tinha alguém espiando a gente...

Henri apenas fez que sim com a cabeça. Por que não pudera se controlar? Agora as coisas estavam piores que antes. Além de ter perdido o controle e beijado a filha de Arlete, fora visto. Mas por quem?

Os dois se encaminharam para a entrada da casa em silêncio, sentindo alguns pingos de chuva na pele. Andavam lado a lado, mas parecia haver milhares de quilômetros de distância entre eles.

Seu Tito abriu a porta do carro e ajudou dona Maria Clara a descer. Depois conferiu o céu. Começava a chover, ainda de leve, mas a escuridão que as nuvens haviam trazido prometia uma forte tempestade.

– Quer que eu espere aqui ou em outro lugar? – perguntou o fiel motorista à velha senhora. Ela olhava com ar desconfiado a lanchonete e casa de chá mais antiga de Santo Antônio, próxima à igreja matriz.

– Espere aqui, seu Tito, não devo demorar. E, se puder,

fique de olho na mesa onde vou me sentar, ali atrás. Dá para ver da janela.

O velho empregado assentiu sem uma palavra. Depois de trabalhar por décadas para JCL e família, conhecia todas as técnicas de dissimulação necessárias à sobrevivência em meio a tantas intrigas.

A viúva Lorquemad entrou na lanchonete e andou até uma mesa do fundo. Parou em frente à mulher que, já instalada numa das cadeiras de espaldar alto, fingia ler o cardápio de tortas e bolos.

– Estou aqui – disse a recém-chegada.

– Sente-se, por favor – disse a outra. – Tomei a liberdade de pedir o chá. Erva-doce é o seu preferido, se não me engano.

Maria Clara sentou-se e colocou a bolsa numa cadeira vaga.

– Você, como sempre, não se enganou. Sim, tomo chá de erva-doce. Mas vamos ao que interessa. Por que me pediu para vir encontrá-la?

A outra mulher fechou o cardápio e serviu o chá nas duas xícaras. Suas mãos tremiam. Olhou para Maria Clara e suspirou.

– Eu acho que você já está informada de que... eu entreguei minha demissão hoje. Não vim aqui para me justificar, Maria Clara. O que passou, passou... pelo menos é assim que eu penso. Vou voltar para São Paulo e acho que nossos caminhos não vão se cruzar no futuro.

– Quem sabe? – foi a resposta da viúva. – Tudo é possível neste mundo... Mas, afinal, Leonora, por que me chamou? Não foi para se despedir. Nem para envenenar meu chá.

O sarcasmo de Maria Clara ficou sem resposta. A ex-secretária de JCL parecia mesmo nervosa, como se tivesse perdido a capacidade de sorrir.

– Eu não telefonaria a você se não fosse uma emergência. É o meu neto, Bruno. Ele fugiu de casa, e sabemos que veio para cá. Desconfio que queria conhecer os... primos. Seus netos estão com você no apartamento, não? Sabe se eles não o encontraram?

"Então é isso que a perturba tanto", pensou a matriarca dos Lorquemads, abrandada. Quando Leonora lhe telefonara pedindo aquele encontro, ficara intrigada, pensando em chantagem, extorsão, tanta coisa... e ela só queria saber do neto. Que, por sinal, era neto de João Carlos também. Resolveu ajudar.

– Bem – respondeu –, as crianças têm passeado aí pela cidade, hoje foram ao parque andar de bicicleta, mas não me lembro de ninguém... espere!

Recordava-se de ter observado, há pouco tempo, Henri e Ingra indo à sorveteria da esquina com a filha de Arlete. Parecera-lhe ter visto também Henri na praça falando com um garoto estranho. E hoje... seu Tito mencionara que um coleguinha de Suélen fora andar de bicicleta com eles.

– Lembrou-se de alguma coisa? – indagou Leonora, aflita.

Em vez de responder, Maria Clara voltou-se para a janela e fez um sinal para a rua. Seu Tito imediatamente deixou o carro e entrou na casa.

– Sim, senhora? – ele falou, ao chegar junto à mesa.

– Seu Tito, quando levou as crianças para o casarão, não havia um garoto estranho com eles?

– Sim, os meninos disseram que ele é colega da filha da Arlete. Aliás, logo mais tenho de ir buscar todos eles...

– Como era o menino? – interrompeu-o Leonora. – Sabe seu nome?

O homem fez que não com a cabeça.

– Não tem uma fotografia dele? – Maria Clara dirigiu-se à outra.

Para sua surpresa, viu Leonora virar-se para a mesa ao lado e acenar para uma moça que tomava café. A moça se aproximou.

– Esta é Lucimara, minha filha. Esta é dona Maria Clara Lorquemad, filha. Você tem aí uma foto do Bruno?

As três mulheres olharam-se com frieza. Seu Tito, testemunha de encontro tão bizarro, pensou em como a moça se parecia com dona Débora, mesmo tendo o cabelo comprido. Ela tirou um retrato da bolsa. Não precisou olhar muito para reconhecê-lo.

– É ele, sim – disse. – Levei os cinco pro casarão e vi quando foram pela estrada do parque, de bicicleta. Aí a senhora ligou e pediu para eu vir à cidade. Eles devem estar voltando a essas horas.

– Graças a Deus! – desabafou Leonora, aliviada.

– Vou chamar o Joenir para buscá-lo – resolveu Lucimara, evitando olhar para Maria Clara. Mas a mãe não concordou.

– Conheço o Bruno, se vir vocês dois chegando é capaz de fugir de novo. Já que está com os outros garotos, ele está bem. Se Maria Clara não se importar... Deixamos seu Tito ir buscá-los, faremos de conta que não sabemos de nada. Quando eles chegarem ao apartamento, você vai estar esperando. Eu não posso ir junto, tenho um compromisso logo mais.

– Não há problema – concordou a viúva. – Seu Tito pode ir buscá-los assim que terminarmos o chá. Sejamos rápidas, para irmos antes que a chuva aumente. Lucimara pode esperar comigo pelas crianças no saguão do edifício.

Com um cumprimento, seu Tito saiu da casa e, ao voltar para o carro, viu as três mulheres placidamente sentadas juntas. Sorriu para si mesmo, pensando que o patrão devia estar se virando no túmulo...

Anderlisa desligou o computador e esfregou os olhos. Estava exausta. Será que um dia deixaria de trabalhar nos sábados à noite?

Aproximou-se da janela e viu os pingos d'água no vidro brilhando com as luzes das ruas, acesas prematuramente, talvez devido à escuridão trazida pelas nuvens.

Teve vontade de sair da delegacia e andar na chuva, como fazia quando criança. A chuva sempre lhe trouxera uma sensação de limpeza, tirando os pensamentos desagradáveis de sua cabeça...

Bocejou de pura preguiça. Passara todo o material da investigação sobre a morte de JCL para Paulo Azambuja. E Antunes a encarregara de começar outra investigação, sem a menor importância.

"Ele não via a hora de me tirar do caso", pensou, com amargor. Talvez Rildo tivesse razão. Antunes detestava o jornalista, e sabia muito bem que ela estava praticamente noiva dele.

– Falando no diabo... – murmurou. – Ainda de olho na janela, viu seu chefe parado na marquise. Parecia esperar alguém. Ficou observando e notou que um gol vermelho, com chapa da capital, parara em frente à DP. Um homem desconhecido abriu a janela e acenou para o delegado. Ele embarcou no carro, que seguiu em direção ao centro. Por algum motivo Anderlisa não gostou do que viu. Havia algo errado naquele encontro...

Num impulso, pegou a bolsa e saiu. Seu carro estava parado na rua, ela o abriu e acenou para um jovem policial, de guarda na DP.

– Puxa, Eliseu, o doutor Antunes acabou de sair e eu esqueci de dar um recado a ele. Por acaso você sabe para onde ele foi?

O rapaz aproximou-se, sorrindo.

– Não sei, dona Anderlisa, mas ouvi ele falar qualquer coisa de uma "reunião no centro". Por que a senhora não liga pro celular dele?

– Boa ideia, obrigada – ela disse, exibindo um belo sorriso para o policial.

Deu a partida no carro e seguiu na mesma direção do gol vermelho, esperando que ele parasse em algum semáforo. Assim que virou a esquina pegou o celular na bolsa e discou um número com a mão livre. Mas não era o número do delegado. Era o número do apartamento de Rildo Falcão.

Fausto fechou o zíper do blusão. A chuva ainda era rala, mas, se continuasse a cair, ele e Bruno logo estariam encharcados. Parados na beira da estrada, os dois tentavam consertar uma das bicicletas, cuja corrente escapara.

– E aí? – ele disse, vendo o neto de Leonora desanimar.

– Não tem jeito, a corrente arrebentou. O jeito é deixarmos esta aqui e irmos os dois na sua bicicleta.

– Ah, não! – reclamou o primo, irritado. – Já chega a gente ter ficado pra trás e a droga da bicicleta ter quebrado, ainda vou carregar você na garupa? E não podemos largar a bicicleta na beira da estrada.

– Quanto mais rico, mais pão-duro. – Riu Bruno. – A grana dos Lorquemads não vai terminar com a perda de uma bicicleta, Fausto! Você quer ficar parado na chuva até amanhã, tomando conta das magrelas?

O outro não soube o que responder. Faltava ainda um bom pedaço de estrada até o Jardim Zurique. A pé, demorariam muito para chegar lá. Só se pedissem carona a alguém...

Mal tinha pensado nisso, sua atenção foi atraída por um carro que parou no acostamento, do outro lado da estrada, no sentido da cidade. Uma cotovelada de Bruno o fez estremecer de repente.

– Olha só... é ela... a tal caminhonete vermelha!

Assombrados, os dois viram JJ descer calmamente da caminhonete e atravessar a estrada na sua direção. Parecia bem mais sério do que o sobrinho se lembrava de tê-lo visto alguma vez. Estaria vindo do casarão?

– Que aconteceu, Fausto? – o tio perguntou. – Que fazem aqui?

– Ah, tio, nós fomos com os outros ao parque... e na volta a gente ficou pra trás, a corrente de uma das bicicletas quebrou.

– Foram ao parque, é? – O tio olhou-o com um sorriso enviesado. – Fizeram um caminho muito estranho. Quem é o seu amigo?

O filho de Lucimara estendeu a mão suja de graxa.

– Sou o Bruno. Amigo da... Suélen. Ela me convidou pra ir junto.

JJ parou de sorrir ao ouvir falar na filha de Arlete. Seus olhos faiscaram. Depois, disfarçando, foi examinar a bicicleta. A chuva aumentava, e ele passou a mão no rosto, limpando os pingos que escorriam.

– É melhor eu colocar as bicicletas na caminhonete. Estava indo pra cidade, mas tudo bem... dou a volta e deixo vocês no casarão.

Levaram as bicicletas para o outro lado da estrada e, enquanto JJ as prendia atrás, mandou os garotos entrarem. Já estavam bastante molhados.

Sentaram-se no largo banco e entreolharam-se. Pela cabeça de ambos passou o mesmo pensamento, a lembrança das palavras de Anderlisa.

"A galeria e a caminhonete pertencem a João Carlos Lorquemad Júnior. JJ agora é um dos principais suspeitos pelo assassinato do pai."

– Será possível, Bruno – Fausto sussurrou –, que tenha sido ele? A última pessoa a ver o vovô com vida... O que você está fazendo?

Bruno, muito à vontade, estava fuçando no porta-luvas. Encontrou folhetos de exposições, notas fiscais de postos de gasolina, uma garrafinha de água mineral vazia... e, no fundo, algo que fez o primo gelar.

– Olha só isso. Não é exatamente como a Ingra descreveu?

Era uma Bíblia encadernada em couro preto, com as bordas bem gastas e uma gravação dourada. Um triângulo exatamente igual ao que ele, Fausto, vira anos atrás nos papéis do avô.

O garoto olhou para trás, pela janela meio embaçada, e viu que JJ estava tendo dificuldades em prender as bicicletas na caminhonete. Havia alguns volumes estranhos cobertos por lonas ali, atrapalhando.

– Tio, precisa de ajuda? – disse, enquanto Bruno folheava a Bíblia.

– Não, já estou conseguindo. Fiquem aí, a chuva aumentou.

O outro o cutucou, mostrando uma página do livro que parecia mais amarelada que as outras.

– Viu esta marca? Tinha um papel dobrado aqui dentro. Mudou a cor da folha. Aparece em muitas outras páginas também... Bem que a Ingra achou que a sua avó tinha tirado uns papéis de dentro daquela Bíblia, no escritório do apartamento. Será que é a mesma?

Um relâmpago, seguido por trovão, fez Fausto estremecer. Ele sentia como se a luz do relâmpago tivesse iluminado sua mente. As três casas, os três escritórios, as estantes iguais, as Bíblias...

— Não — disse, seguro de si. — Tio JJ não esteve no apartamento. Mas vovô tinha mania de fazer cópias de tudo, devia ter mais Bíblias iguais — com os tais papéis dentro! Essa pode ter vindo do casarão, ou...

— ... do Refúgio do Riacho — completou Bruno. — Meu Deus! Ele devolveu rapidamente o livro ao porta-luvas. Ambos olharam pela janela. JJ agora cobria as bicicletas com uma lona.

— Eu acabei de me lembrar de uma coisa, Fausto — falou o filho de Lucimara, ofegante. — Já disse uma vez, pro Henri, que minha avó tem uma casa na cidade. Essa casa era do seu... do nosso avô. Uma vez ela disse: "minha casa fica bem **no centro do triângulo**". Faz pelo menos três anos que eu não vou lá. Mas fui muitas vezes, quando era pequeno; também tem um escritório do lado esquerdo, do jeito que vocês disseram, com a estante no fundo. Quer apostar que tem uma Bíblia igual lá?

O tio terminara o serviço e voltava para o carro.

— Temos de ir pro centro da cidade ver — decidiu Fausto. — Agora!

— E o que vamos dizer pra ele?

— Deixa comigo.

João Carlos Lorquemad Júnior entrou na caminhonete e instalou-se no assento do motorista. Deu a partida no veículo.

— Bem, agora vou levá-los de volta.

Fausto sorriu com o maior ar de inocência que pôde improvisar.

— Sabe duma coisa, tio? Acho melhor deixar a gente no centro, perto do apartamento da vovó. A essa hora todo o mundo já deve ter ido pra lá...

— E as bicicletas?

— A gente pede pro seu Tito guardar na garagem do prédio.

— Como quiserem — respondeu o tio, de semblante fechado.

Débora entrou na cozinha e deu com Henri e Suélen tomando leite com chocolate, um em cada canto da mesa.

– Ué, e os outros? – perguntou.

Suélen sacudiu a cabeça. Henri falou, sem tirar os olhos do copo.

– A Ingra entrou na casa antes de nós. O Fausto e o... o outro menino estavam atrás da gente, mas até agora não apareceram.

– Será que aconteceu alguma coisa? – afligiu-se Débora, olhando Henri com desconfiança. Conhecia o filho e sabia que algo estranho estava acontecendo.

Ela deixou a cozinha, chamando pelos irmãos. Deu com Plínio no corredor.

– Onde está o Pascoal? – indagou.

– Ele acabou de sair – foi a inesperada resposta do pai de Ingra. – Disse que precisava ir até a cidade. Outra das suas saídas misteriosas... Por quê?

Sob o olhar intrigado de Plínio, Débora contou sobre as crianças. Depois abriu a porta da frente e conferiu a rua.

– A chuva aumentou – disse. – Ainda bem que o carro menor de papai ficou conosco. Vou procurar os dois na estrada, levo o Henri para mostrar o caminho que fizeram.

Logo mais, seguida pelo filho, ela saía com o carro.

Mal havia saído, o telefone tocou. Plínio atendeu.

– Alô?... Maurício! Você está onde?... Não, a Débora acabou de sair. É que as crianças foram ao parque de bicicleta, mas só o Henri e a Ingra voltaram... Não sabemos onde estão o Fausto e o menino que saiu com eles... Bruno? Não, não sei se é esse o nome do menino... É, a Débora foi com o Henri procurar por eles... O Pascoal saiu. O JJ? Pensei ter visto ele chegar aqui hoje à tarde, mas quando fui ver não era ninguém. Sei lá por onde ele anda... Tudo bem, assim que ela voltar eu digo que você ligou. O quê? Maurício! Droga, a ligação caiu. E agora o telefone está mudo... Deve ser a chuva.

Um trovão ensurdecedor sacudiu a casa. A chuva fina que até agora caíra acabava de se transformar numa enorme tempestade.

O trinco de metal escuro fez "clic" e deslizou para o lado, empurrado por um palito de sorvete. A porta se abriu, deixando entrar na cozinha escura o som da chuva que caía no quintal. Os dois garotos entraram, tentando fazer o mínimo barulho possível com os tênis encharcados.

Estavam num cômodo enorme, as paredes eram altas e cobertas de azulejos brancos, e o piso, de cerâmica vermelha. Tinha um ar de museu, com a geladeira antiga e a pia de granito gasto num canto. No outro extremo, uma porta semiaberta deixava à mostra um corredor longo.

Bruno fez sinal a Fausto para continuar em silêncio e enxugou os tênis em um tapetinho de crochê que descobriu junto à pia; Fausto o imitou, e logo passaram para trás da porta, enfiando-se no vão de um armário embutido bem ao lado. Dali poderiam espiar o que acontecia no corredor.

– No fim do corredor tem a sala de estar – explicou Bruno aos cochichos –, e do lado da sala fica o escritório que eu falei, com a estante. Mas não vamos conseguir ir lá agora, parece que tem gente por perto. Tá ouvindo?

Fausto fez que sim com a cabeça. Podia ouvir um burburinho de vozes masculinas. Parecia haver mais gente na casa. O som, porém, não vinha das salas à frente; vinha de um lugar próximo, e ao mesmo tempo distante.

– Pensei que só a sua avó morava aqui – disse, baixinho.

– Quem vive aqui é a governanta, a dona Caluza – respondeu o outro. – É uma velha com cara de morcego. Minha avó mora em São Paulo, só vem pra cá de vez em quando. Quem será essa gente toda?

Nisto a campainha tocou, um "ding-dong" um tanto sinistro. Fausto e Bruno espicharam o pescoço para ver quem apareceria. Ouviram passos de alguém subindo uma escada, e então, no meio do corredor, uma luz se acendeu e surgiu uma mulher magra e curvada.

– É ela – explicou Bruno –, a velha com cara de morcego. Parece que ela veio lá do porão.

Os garotos viram-na abrir a porta da rua para dois homens.

Bruno encolheu-se de repente, com um gemido abafado. Fausto continuou olhando e teve certeza de que conhecia um deles, mas não conseguiu identificá-lo.

Os dois homens, sem uma palavra, seguiram pelo corredor e depois desceram uma escada. A mulher, porém, voltou à entrada, como que à espera de mais alguém. Logo mais abriu a porta outra vez e então foi Fausto quem gemeu, ao reconhecer o novo visitante.

– Meu pai! – murmurou, de forma que apenas Bruno ouvisse.

Um minuto se passou enquanto Pascoal, seguido pela mulher, descia as escadas. A escuridão voltou a tomar conta da casa. O burburinho continuava, denunciando a conversa no porão.

Fausto então percebeu que o garoto, encolhido a seu lado no vão do armário, perdera o ar de petulância que sempre ostentava.

– Um dos homens que entraram antes – Bruno falou afinal, com um cochicho transtornado – é Joenir, o **meu** pai.

– E agora, o que vamos fazer? Viemos pra olhar o escritório... ver se tem uma cópia da tal Bíblia do vô. Mas, se esse monte de gente nos pega, estamos fritos! E os nossos pais, o que eles estão fazendo aqui?!

Bruno, pela primeira vez na vida, parecia não ter nada a dizer. E teriam ficado ali indefinidamente, se o que temiam não houvesse acontecido. De repente, a porta se abriu para o outro lado, alguém acendeu a luz, e os dois se viram examinados de alto a baixo por uma mulher de sorriso desagradável, que – verdade! – parecia mesmo um morcego.

– Ora, ora, ora – ela disse, abrindo a boca enrugada –, veja só os ratinhos que eu peguei na ratoeira, meu filho.

Um homem atrás dela fechou a porta. Para surpresa dos garotos, aquele que ela chamara de filho não era outro senão Antunes, o delegado de Santo Antônio das Rochas e chefe de Anderlisa!

Dona Caluza consultou-o com o olhar, como que pergun-

tando o que fariam com os intrusos. Ele respondeu entredentes, acostumado a entender-se com ela apenas pelo pensamento.
– É, mamãe, não podemos deixar que esses ratinhos escapem. Podem ir guinchar o que não devem por aí.
Mais apavorados ainda, os dois garotos viram a mulher pegar uma chave grande e pesada no bolso. Antunes, por sua vez, acuou-os para o fundo do vão, que era a prateleira inferior do armário embutido. E, puxando uma porta de correr, fechou-os lá dentro.
Mesmo assim, ouviram a voz da mulher pela última vez.
– Volte para a reunião, filho. Os outros não podem desconfiar. Eu fico de olho neles. Mais tarde nós damos um jeito no... problema.
Uma risada sarcástica antecipou a resposta do delegado.
– É, parece que hoje mais dois descendentes dos Lorquemads vão ser vítimas da maldição da escrava...
Depois, só silêncio e escuridão.

CAPÍTULO 19

No subsolo da casa estavam reunidos os participantes da reunião. Ninguém imaginaria que, sob aquela construção antiga, de aparência maltratada, existisse um local com tanto conforto: sofás de couro branco, tevês, aparelho de som, computadores, além do ar-condicionado que deixava o ambiente numa temperatura agradável. Também havia uma geladeira com bebidas, queijos e frutas.

Numa pequena mesa, ao canto, Caluza, a mulher com cara de morcego, deixara uma grande garrafa térmica com café.

Joenir, pai de Bruno, e o delegado Antunes sentavam-se lado a lado num dos sofás. No outro instalara-se, como um paxá, Pascoal, o filho mais velho de JCL. Meio afastado dele estava Petrônio, com seu ar de impunidade. E, numa cadeira de espaldar alto, em frente a uma mesa, estava nada menos que Leonora, a fiel secretária do empresário João Carlos Lorquemad.

– Podemos dar início à reunião? – perguntou ela, com a autoridade que denotava ascendência sobre os homens ali reunidos.

– Claro, dona Leonora – concordou Petrônio. Aprendera, nos longos anos em que convivera com JCL, a respeitar o poder daquela mulher aparentemente tão gentil. – Estamos todos aqui, não falta ninguém... a não ser, claro, Eduardo e Mondraquezi.

Um silêncio constrangido seguiu-se ao comentário.

– Muito bem – disse Leonora. – Pedi esta reunião, como todos sabem, para debatermos o destino da organização da qual participava ativamente o nosso saudoso e querido João Carlos.

– Que Deus o tenha em sua glória! – apoiou Petrônio, o que lhe valeu olhares irônicos de todos os presentes, incluindo a secretária.

– Aquele traidor! – O delegado não se conteve: esmurrou a mesinha à sua direita, quase quebrando o vidro do tampo.

– Calma, Antunes! – pediu Leonora. – Tudo a seu tempo...

– Pois este é o momento oportuno para abrirmos o jogo – continuou Antunes, enraivecido. – A Sociedade do Triângulo é muito antiga, tem mais de cem anos. Meu avô, meu pai, todos tomaram parte nela... os ancestrais de JCL também. Uma coisa passada de pai para filho, durante gerações; ele não tinha o direito de desvirtuar nosso código de honra... foram suas amizades com "políticos espúrios" que o levaram a isso.

– Isso é pessoal? – Petrônio ameaçou levantar-se do sofá onde estava sentado. – Se for, resolvemos agora mesmo.

– Calma, senhores! – Leonora elevou a voz, o que não era costumeiro. – Não chegaremos a lugar nenhum, se formos resolver picuinhas particulares...

– Mas o doutor Antunes está coberto de razão! – Joenir atreveu-se a entrar na conversa. – Eu conheço toda a história da organização. Ela já era forte desde a abolição da escravatura, só fez crescer durante esses anos todos... uma coisa linda, senhores, como uma cruzada medieval: o Triângulo, símbolo do homem perfeito... o homem branco.

– Defensores da pureza da raça – completou Antunes. – Como Joenir bem disse, somos como cavaleiros medievais, uma extensão da **KKK** americana, que jamais desiste.

– Até os capuzes nós copiamos – continuou Joenir, eufórico. – Lembram-se que nossos homens estrearam os capuzes no empastelamento do jornal do Rildo, que ele chama de *A Verdade*? Que pretensão a dele, um negro dono de jornal. E, como se não bastasse, querer se casar com uma mulher branca!

Os olhos do marido de Lucimara brilharam à lembrança da violência.

– Então... quando o nosso movimento estava em ascensão, aparece um traidor, desvirtuando nossos ideais, justamente o nosso presidente de honra, JCL!!! – vociferou ele.

– Um momento, senhores! – tentou intervir Leonora, achando que seria sua responsabilidade defender a memória do morto. – João Carlos nunca deixou de prestigiar a organização: contribuía com uma quantia considerável todo mês, apoiava o movimento na sua essência...

– ... e pelas nossas costas subvencionava a campanha de liberais de esquerda, intelectuais que prestigiam a raça negra. Não é verdade, doutor Petrônio? O senhor, que está mais para a direita do que para outra coisa, foi mandado passear... desligado das empresas Lorquemads, quando se viu envolvido com o escândalo da CPI. JCL não queria que a sua lama respingasse nele, não é? – interveio Antunes.

O deputado não estava gostando daquela conversa, parecia sentir muito calor. Não respondeu e o delegado continuou:

– Depois que se juntou a Mondraquezi, JCL só visava lucros! Transformaram nossa sociedade numa verdadeira máfia, lucrando com drogas.

Foi a vez de Pascoal, que se mantivera em silêncio até então, rebater:

– Não diga o que você não pode provar.

Antunes levantou-se, num salto, e, adiantando-se, ficou frente a frente com o filho mais velho de JCL:

– Seu pai, que eu espero esteja no mais profundo dos infernos, meu caro Pascoal, foi o último dos canalhas: ganhava as licitações de que participou corrompendo gente em todos os escalões do governo. Sua fazenda, aquele latifúndio imenso, serve para pouso e decolagem de aviões que levam certos elementos químicos à Colômbia... e trazem depois cocaína refinada de volta para o país... sem falar na exploração das prostitutas de luxo disfarçadas como modelos, exportadas para a Europa e o Oriente Médio. Pra que se meter com isso? Agora, a investigação sobre a sua morte e seus negócios já está nas mãos da Polícia Federal. Amanhã você e a família terão notícia disso...

– Pode provar o que afirma, caluniador? – gritou Pascoal, sombrio.

O outro afastou-se, num arranco, ajeitou a gravata:

– Claro que não, "meu amigo", senão eu teria ainda mais trabalho para despistar o sabujo que a PF me impingiu! Seu pai era um canalha, mas muito esperto. Jamais deixou rastros... ainda mais auxiliado por outros canalhas iguais a ele: você e Petrônio!

Pascoal quase se atirou contra Antunes, mas foi impedido por Petrônio, que, suando muito, pediu:

– Não vale a pena... ele já disse que não pode provar nada.

– Em termos... – continuou Antunes – em termos. Sei que você, Pascoal, veio na quinta-feira encontrar-se com JCL repentinamente. Estranho, visto que logo na terça-feira seguinte ele morreria no incêndio...

– E daí? – enfrentou Pascoal, mais calmo. – Problemas familiares, só isso.

– Tenho minhas fontes, meu caro... Também sei que "papai" discutia muito com "mamãe" ultimamente. Por que seria, hein? Será que ainda tem mais sujeira nessa bela história?

– Deixa minha mãe fora disso, senão te arrebento, seu cretino! – vociferou Pascoal.

Leonora suspirou na cadeira. Deixara seus problemas particulares, afinal Lucimara ficara sozinha esperando por Bruno, para presidir aquela reunião em que não se chegaria a nada. O objetivo era justamente acalmar os ânimos, não inflamá-los ainda mais. Tanta coisa ficara pendente na organização com a morte de JCL...

Bateu com um martelo de madeira sobre a mesa, pedindo silêncio.

Os outros, contudo, falavam agora a um só tempo, como se exorcizassem seus próprios demônios. Em vão Leonora tentou aplacá-los; o pandemônio só cessou, como passe de mágica, quando na porta da sala surgiu um homem, seguido pela aflita Caluza, que tentava se desculpar:

– Sinto muito... ele forçou a entrada, não pude fazer nada.

– Tudo bem, Caluza – acalmou-a Leonora. – Pode subir e não deixe entrar mais ninguém.

A mulher voltou para a porta, com um sinal que apenas o filho entendeu: "tudo bem na cozinha".

O recém-chegado desceu as escadas saboreando a surpresa dos demais e foi sentar-se no sofá, junto a Pascoal, que o fuzilou com os olhos.

– Oi, mano, como vai? – JJ esticou as pernas, com um sorriso irônico no rosto. – Fazia tempo que eu desejava comparecer a um desses seus "saraus". Já que nunca me convidaram, vim de qualquer maneira... aliás como fiz ainda há pouco, lá no casarão.

– Você estava lá? – Pascoal recuou um pouco no sofá, como se não acreditasse no que ouvia.

– Claro! Esqueceu que crescemos nesses casarões e conhecemos passagens secretas, esconderijos? Brincamos tanto de esconde-esconde...

– Deixe de besteiras – replicou Pascoal, abespinhado.

– Não quer que eu diga o que ouvi lá? Por que não? Afinal, vocês estão lavando a roupa suja hoje, não é mesmo? Fiquem à vontade, que a minha roupa até que nem é tão suja quanto a de vocês...

– Apesar disso, caro JJ – sorriu Antunes –, talvez lhe interesse saber que, há poucas horas, assinei um pedido ao juiz para decretar sua prisão provisória. Acusado do assassinato de JCL. É parricídio, amigo. A imprensa vai adorar...

– Você não tem nada contra mim – JJ peitou o delegado, tentando não demonstrar nenhuma emoção.

– Não? Sua caminhonete foi vista deixando o casarão pouco antes do incêndio, o que o torna a última pessoa a ver seu pai vivo. Melhor que isso – o delegado tirou a "carta da manga" que Azambuja lhe fornecera –, um frentista de posto de gasolina depôs sobre uma compra que você fez, dias antes do incêndio, de vários tambores de óleo *diesel*...

JJ soltou uma solene gargalhada.

– Trabalhou bem, hein, delegado? Só que os tambores de óleo eram para outra finalidade, e posso provar. Tudo bem, eu detestava aquele velho, nem sei como ele podia ser meu pai... mas, assassiná-lo? Não, "doutor" Antunes.

– Mas fez ameaças contra ele – replicou Antunes, encarando-o.

– Fiz, e daí? Não foi a única ameaça que ele recebeu. Será que nunca ninguém aqui disse "eu mato esse sujeito"? Garanto que várias vezes. E quem não o ameaçaria, depois de saber que seria deserdado? Mas vocês já devem saber disso. O mano Plínio abriu a história para toda a família lá no casarão...

– Deserdado? – foi a vez de Petrônio espantar-se.

– Então não sabia, meu velho? Ah, esqueci que você não era mais o "homem de confiança" de papai. Ora, fui deserdado simplesmente porque *daddy* encrencou com alguns gastos que eu fiz, umas comprinhas aqui, outras ali, coisa sem importância. Muito menos do que provavelmente gastavam as piranhas com os cartões de crédito que ele fornecia.

– E suas "comprinhas" incluem um desfalque que lhe rendeu uma galeria de arte, colocada em nome de um testa de ferro – ironizou o delegado.

– Isso aí – concordou JJ, cínico. – Além de um pequeno sítio aqui nas redondezas; daí a compra dos tambores de óleo *diesel*: para instalar um gerador de energia elétrica. Aliás, caro Antunes, os tambores ainda estão lá na propriedade. Cheios. Eles não foram usados para atear fogo em nada...

O delegado fez um gesto, fingindo displicência. Se isso fosse verdade, a confortável tese de que JJ assassinara o pai seria muito abalada.

O rapaz, porém, continuava:

– Como eu ia dizendo, quando me interromperam... então o querido *daddy* disse que ia me tornar um "pródigo" – conhecem o termo, não é? Como se fosse um incapaz. Fiquei revoltado e o ameacei... foi baseado nessa ameaça que ele resolveu me deserdar.

– Não tive escolha senão testemunhar – Leonora entrou na discussão. – Vocês falavam alto e a conversa desandou numa tremenda discussão, outros funcionários da firma ouviram. Você chegou a ameaçá-lo com um revólver, JJ! O que eu poderia fazer?

– Não teve escolha, claro, ninguém nunca tem escolha... Recebeu ordens. Admiro essa sua devoção, minha diabólica Leonora: você morreria por meu pai, eu sei. Já viram amor assim, meus senhores?

Leonora baixou a cabeça, constrangida.

– Como você sabe de tanta coisa, JJ? – indagou Pascoal, num *insight*. – Papai mantinha tudo em segredo, e você parece estar sempre bem informado... Aparece nos locais estratégicos quando a gente menos espera.

JJ sorriu, um sorriso desdenhoso e triste:

– Eu também tenho minhas fontes, maninho. No caso, a Arlete, a fiel copeira de "dona" Maria Clara, nossa resignada *mommy*. Em troca dos benefícios a Suélen...

– Sua filha, por sinal! – completou Antunes.

– Não. Aí é que vocês se enganam. Está na hora de deixar claro que Suélen é mesmo filha daquele funcionário de papai que um ramo da organização de vocês mandou matar há anos. Queima de arquivo, não foi, deputado? Imagino quais segredos sujos ele sabia... Assim como a coitada da modelo, o último "cacho" de papai.

– E com que intuito espalharam o boato de que a menina de Arlete seria sua filha? – perguntou Joenir. Sempre ouvira esses rumores sobre Suélen, e não gostara nada daquilo. Quanto mais herdeiros, pior para ele e sua família.

– Ora, fazendo Suélen passar por minha filha, ela ficaria protegida de nosso pai e seus... cupinchas. Embora mamãe tenha insistido em registrar a garota como filha do falecido. Suélen teria certos privilégios que interessavam a Arlete, como boa mãe. E eu ganharia uma aliada, capaz de me informar sobre tudo que acontecia nos casarões e no apartamento. Vocês nem imaginam o que uma empregada de confiança sabe, meus caros: mordomos entregam impérios...

– Eu já disse e repito, JJ, devia deixar as coisas como estavam. Revelar tudo ainda pode causar problemas à menina e a Arlete – disse Pascoal.

– Sim, você foi bem claro naquela noite, ao dizer que essa revelação poderia custar caro. Mas estou cansado de hipocrisias. Mesmo porque é melhor que todos saibam que Suélen não é minha filha...

Ele reviu, na memória, uma cena que presenciara há poucas horas: Henri e Suélen trocando um beijo furtivo, na garagem escura...

Antunes, porém, interrompeu seus devaneios:

– Nada isso impede que eu o prenda, JJ. Tinha motivos de sobra para querer o velho morto. E foi a última pessoa a vê-lo vivo.

– Fui lá e pronto. Isso não prova nada. Fui para suplicar ao velho que não me tornasse um zero à esquerda, que não me deserdasse. O filho da mãe ficou insensível, disse que já tinha tomado uma decisão irrevogável... essa a palavra que ele usou: irrevogável. Eu até senti vontade de estrangulá-lo, mas não valia a pena. Pra que sujar minhas mãos com ele? Um fariseu que posava de bom cidadão e explorava mulheres... aquelas tolas

– JJ arquejou como se precisasse de ar –, tão cheias de sonhos, querendo ser modelos famosas... A maioria acabava em bordéis do exterior ou então mortas. Sabiam demais, as infelizes, não é mesmo, doutor Petrônio?

O político não se dignou a responder. Continuou passeando os olhos pela sala, impassível. Apenas o suor denotava seu nervosismo.

– Então você afirma que não incendiou a casa nem matou JCL...

– Juro que gostaria de ter feito essa limpeza, mas, infelizmente para você, Antunes, não fui eu. Quando saí do Refúgio do Riacho, o velho estava tão vivo quanto nós. E ainda me pediu pra ir embora logo, porque esperava uma visita...

– Ele disse o nome do visitante? – Antunes quase implorou pela resposta.

– Não – disse JJ. – Só que era alguém a quem não se faz esperar... Talvez um de seus comparsas na lavagem do dinheiro sujo do tráfico de drogas... Podia ser **qualquer um de vocês**.

Pascoal, incomodado com o rumo daquela conversa, tornou a inflamar-se:

– Não admito que a memória de nosso pai seja enxovalhada dessa forma. Contenha-se, JJ, tenha um mínimo de dignidade...

– Dignidade, você vem me falar em dignidade? – JJ pulou do sofá e detonou, como granada sem pino: – Querem me enganar que vocês não sabem como era feita a "lavagem" do dinheiro sujo de *daddy*? – Sem esperar resposta, JJ continuou: – Só para dar um exemplo do que eu sei: o ilustre cidadão JCL lançava um megaprojeto através de sua empreiteira, digamos, um condomínio com apartamentos de alto luxo, superfaturados. Seus comparsas, ou "laranjas", vinham, então, com o dinheiro sujo de outras atividades da "máfia" e compravam a maioria dessas unidades. Xeque-mate: o dinheiro entrava, justificando o fluxo de caixa, ao mesmo tempo em que era "lavado". Um verdadeiro golpe de mestre, não acha, senhor deputado?

Pascoal, lívido, ficou mudo ao lado do gordo parlamentar, que continuava suando. Antunes não se conteve:

– Tudo bem, JJ, mas nada disso esclarece o principal. Seu pai foi assassinado. E a pergunta fundamental continua sem resposta: **se não foi você... quem matou JCL?**

Anderlisa continuara seguindo o gol vermelho que se dirigira para o centro. Estava nervosa. Já ligara para Rildo duas vezes e a ligação não se completava. Tentara localizar Azambuja, e nada. A chuva aumentara e provavelmente as linhas telefônicas da cidade estariam com problemas.

Apertou mais uma vez a tecla de discagem automática e, desta vez, alguém atendeu.

– Rildo, afinal! Estou tentando te ligar há quase uma hora... O quê? Maurício está aí? Fale mais alto, a ligação está péssima.

A voz do jornalista veio séria, do outro lado da linha. Respirando fundo, ela absorveu as notícias dele e depois passou as suas.

– Essas informações são importantes, mas uma conversa sobre isso vai ter de esperar. Preciso de você. Segui o Antunes, junto com um sujeito desconhecido, em um gol vermelho, até uma casa aqui no centro...

Ela registrou a surpresa de Rildo ao ouvir citar o carro, porém não parou de falar. Relatou como mantivera distância, para que não a percebessem. Como os vira parar junto a uma casa antiga; e como, ao estacionar atrás de um arbusto que encobria parcialmente a visão de seu carro, vira uma mulher introduzir os visitantes na casa. Logo mais, outra surpresa: ela reconhecera Pascoal, o filho mais velho de JCL, que a tal mulher também deixara entrar.

Após vários minutos outro carro parara próximo à casa: uma caminhonete vermelha. O novo visitante era JJ!

Desta vez, a mulher parecera discutir com o estranho. Mas ele forçara a entrada, introduzindo-se à força na casa. Depois disso... silêncio.

Acabada sua história, a investigadora ouviu com atenção o que o namorado tinha a dizer. Fez algumas anotações num papel e despediu-se:

– Tudo bem, entendi... o quebra-cabeça começa a tomar forma. Vou esperar por vocês, não demorem, por favor!

Determinada a aguardar a presença do jornalista o tempo que fosse, Anderlisa resolveu ligar o rádio do carro. Antes que sua mão chegasse ao painel, contudo, um som a fez parar: a campainha do celular. Teria Rildo esquecido de lhe dizer algo? Rapidamente, ela tornou a pegar o aparelho.

– Alô? – disse, ansiosa.

– Sou eu – disse uma voz sumida entre o chiado de um telefone semienguiçado –. Temos pouco tempo, ouça com atenção o que vou dizer...

Depois de ter ouvido toda a conversa familiar, escondida atrás das cortinas da sala, Ingra esperara que todos se retirassem e escapulira para fora.

Viera decidida a ter uma conversa com o pai sobre a morte de sua mãe, Aura. E, por acaso, tomara conhecimento de vários assuntos, incluindo o mais polêmico: o avô tinha deserdado o filho, JJ, porque este o ameaçara de morte. A pergunta agora era: teria o tio, por esse motivo, assassinado JCL?

Abalada com a revelação e a suspeita, Ingra não tivera ânimo de confrontar o pai. Enquanto vagava pelo quintal, sentiu que algo mais mexia com sua sensibilidade. Sentou-se num degrau junto à porta dos fundos, protegida da chuva e escondida de olhares estranhos; já era noite.

Sentia-se perturbada, estranha, como se algo ou alguém tentasse fazer comunicação. Fechou os olhos, deixou que seu cérebro se esvaziasse por completo. Procurava não pensar em nada, apenas sentir...

Largou os braços em torno do corpo, distendeu as pernas... Um leve formigamento espraiou-se por seus braços, ela sentiu uma coceira na nuca, como se algo estivesse chegando... E ela fosse uma antena parabólica a serviço de algum estranho e oculto poder.

Então ouviu, distintamente, como se falassem ao seu ouvido:

"Socorro... estamos presos... lugar escuro, silencioso... a velha tem a chave... casa com triângulo na fachada... cozinha...

Leonora... chave... mulher com cara de morcego... casa velha... no meio do triângulo..."

Um clarão, como um *flash*, projetou-se em sua mente. Ela viu – como se fossem ratinhos presos numa ratoeira – os rostos de Fausto e Bruno, crispados de pavor!!!
Ingra levantou-se de um salto. Outra imagem lhe surgira na mente: o mapa da cidade, com as três casas de JCL formando um triângulo. Como num *zoom*, a garota viu, aproximando-se, as ruas desenhadas no mapa. E soube que precisava, depressa, encontrar o exato centro geométrico daquele triângulo!
Em segundos estava na sala escura e encontrou sua bolsa pendurada num canto. Arrancou uma folha de seu caderninho e rabiscou um bilhete, que largou sobre a mesinha de centro. Não havia tempo a perder.
Débora e Henri acabavam de sair de carro. Nem Suélen nem Plínio, que ainda estavam na cozinha, ouviram seus passos correndo em meio à chuva.

CAPÍTULO 20

Anderlisa viu um fusca aproximar-se, apagando os faróis assim que chegou perto da esquina. Instantes depois, pelo outro lado, surgiu um táxi. Do velho fusca, com o logotipo do jornal *A Verdade* na porta, saltaram Rildo e Maurício. A porta do táxi, parado bem ali na frente, abriu-se tão repentinamente quanto a do fusca – e Ingra alcançou a calçada, afoita. Anderlisa, surpresa, também saiu na chuva.

– Que bom que estão aqui – gritou a menina. – Eles estão em perigo!

– Parece que todo o mundo marcou encontro na cidade... – murmurou a policial. E para Ingra: – Quem está em perigo?

– Fausto e Bruno – foi a resposta da determinada garota. – Estão presos lá dentro. Eu vi.

Rildo ergueu as sobrancelhas. Maurício quase saltou sobre Ingra.

– Mas o que eles vieram fazer aqui? Como descobriram esta casa?

Com a manga, ela enxugou a testa por onde começava a escorrer a água da chuva.

– Eu não sei como vieram, mas sei que estão ali. Uma casa velha, bem no meio do triângulo, com a mesma marca do casarão na fachada... vejam!

Todos olharam... Meio apagada na parede, ali estava a marca de JCL: os relevos em forma de triângulo.

– E por que veio para cá sozinha? – Maurício continuava. – Onde está seu pai? E a Débora e o Henri?

– Estão no casarão. Deixei um bilhete... Não podia perder tempo!

Anderlisa conferiu a arma no bolso. Ingra tinha razão, o tempo estava se esgotando. Se a "reunião" terminasse e os garotos estivessem mesmo lá, certas pessoas não demorariam em livrar-se deles – como parece que aquela gente fazia com todos que os pudessem denunciar.

– Você fica aqui no meu carro com a garota – decidiu a policial, recuperando o sangue-frio e dirigindo-se a Maurício –, enquanto eu e o Rildo vamos ver se conseguimos um convite para a festa também... Se essa é uma reunião da turma que armou o assassinato de JCL e outras coisinhas mais, o clima lá dentro não deve estar ameno.

– Mas... – começou Maurício – eles estão em maior número!

Um leve sorriso temperou as feições decididas de Anderlisa.

– Não se preocupe, logo teremos reforços externos... e internos. Sei o que estou fazendo: ganhando tempo.

Sem mais palavras, com um breve sinal, ela e Rildo cruzaram a rua sob a chuva e invadiram o jardim da velha casa.

– Com licença um instante, senhores... – disse o delegado Antunes, mais contido, atendendo a um toque, um tanto falho, de seu celular.

Pascoal e Leonora continuaram, alterados, a cochichar com Petrônio no canto oposto da sala. Momentos depois, Antunes voltou com nova informação.

– Acionei alguns seguranças para proteger a casa. Por um momento, parece que ficamos vulneráveis – sentenciou ele, fuzilando JJ com o olhar.

Leonora aproveitou o silêncio que se fez para bater novamente com seu martelinho.

– Senhores, por favor. Estamos perdendo um tempo precioso... O objetivo desta reunião era resolver as pendências que a morte de João Carlos deixou na organização. Temos que decidir quem vai cuidar do quê. E você já tumultuou demais, JJ. É melhor retirar-se.

O caçula dos Lorquemads jogou a cabeça para trás e gargalhou.

– Você não perde a pose, não é, Leonora? "Melhor retirar-se"... Nada disso, minha cara. Só saio daqui quando conseguir o que vim buscar.

Petrônio enxugou o suor. Pascoal, mais calmo, encarou o irmão. Os outros resmungaram, mas a secretária de JCL sorriu.

– Você quer dinheiro, suponho. Veio aqui contar toda essa história, mostrar o que sabe, para nos chantagear.

– Digamos que vim apenas me solidarizar com a sociedade que perdeu sua "peça" fundamental, o bom e velho *daddy*. Eu posso esquecer o que sei sobre vocês todos... mediante uma "ajuda de custo", naturalmente. E a garantia de que a lei vai me deixar em paz.

Antunes abanou a cabeça.

– Não posso prometer nada, o caso está nas mãos da Polícia Federal – disse. – E ainda não achei uma brecha para me livrar daquele Azambuja. Eventualmente poderemos comprá-lo, mas no momento...

– Deixe a PF comigo – vociferou o deputado –, tenho as minhas conexões em Brasília. Vamos pagar logo a esse verme e cuidar da vida. Os seguranças já chegaram? Não podemos admitir mais intromissões!

Um grito abafado, vindo do andar superior, fez com que todos se voltassem para o alto da escada. Antunes reconheceu a voz da mãe e correu para os degraus, mas estacou com a surpresa.

Todos se calaram, menos JJ, que sorriu com os cantos da boca:

– Sejam bem-vindos, meus queridos!

Anderlisa, de revólver em punho, estava parada no patamar que levava ao corredor da casa. Rildo Falcão fechou a porta e postou-se atrás dela. Trazia, presa pelo braço, a velha Caluza.

– Boa noite, pessoal! – saudou a investigadora, com ironia.

Antunes bombardeou-a com ódio nos olhos.

– Abaixe essa arma! – ordenou ele.

– Ah, não. Aqui, nestas condições, eu não lhe devo subordinação, delegado Antunes – ela respondeu com desprezo, enquanto descia até a metade da estreita escada. – E não tente sacar o revólver, porque eu estou com muita vontade de fazer uso do meu! Mãos para cima!

Antunes levantou os braços vagarosamente. Esperou que sua mãe, solta por Rildo, descesse e fosse reunir-se a Leonora. De repente, como se houvesse combinado com Joenir, ambos – um de cada lado – atiraram-se sobre Rildo Falcão, que vinha descendo as escadas ao lado de Anderlisa.

Débora estacionou o carro na garagem do casarão, com um suspiro de frustração. Ela e Henri haviam rodado pelos arredores e não tinham encontrado o menor sinal de Fausto e do outro menino. O que diria a Pascoal?

No hall de entrada deram com Plínio, que tentava – ao que parecia, inutilmente – fazer o telefone funcionar.

– Encontraram? – ele perguntou.

Débora suspirou, em negativa.

Plínio largou o telefone.

– As linhas estão mudas – disse –, deve ser problema da telefônica, por causa da tempestade. Meu celular funciona, mas não consigo falar com mamãe. O telefone dela deve estar mudo também.

– O que vamos fazer quanto aos meninos? – devolveu a irmã. – Procurar por eles na cidade? Chamar a polícia?

Foram interrompidos pela abertura da porta da frente. Era seu Tito, o motorista, que finalmente chegava ao Jardim Zurique.

– Boa noite – disse ele, sem desconfiar de nada. – Desculpem a demora. Dona Maria Clara mandou vir buscar as crianças, mas tive de dar uma volta enorme. Caiu uma ponte no caminho da cidade, o rio quase transbordou...

Débora e Plínio começaram a fazer perguntas, seu Tito a balbuciar respostas... Aproveitando a confusão, Henri deslizou para a cozinha.

Encontrou Suélen muito assustada, encolhida num canto. Ao vê-lo, ela pareceu suspirar, aliviada.

– Acharam os dois? – perguntou, num fio de voz.

Henri fez que não com a cabeça.

– Que aconteceu por aqui? E cadê a Ingra? – ele quis saber, notando pela primeira vez a falta da prima.

– Logo depois que vocês saíram, ela deixou um bilhete e sumiu. Aí deu um baita trovão e o telefone pifou. Seu tio Plínio está muito preocupado...

Henri sentiu uma pontada funda no coração. Primeiro Fausto e Bruno, agora Ingra... Onde estariam? Seria possível que a maldição, lançada pela escrava sobre sua família, estivesse cumprindo seu curso?

Outro trovão reboou no casarão que, um dia, fora de JCL. Movidos por puro medo, Henri e Suélen se abraçaram instintivamente. E foi então que ele viu, sobre a mesa da cozinha, o bilhete que Ingra deixara e que nenhum dos adultos entendera. Com sua letra segura, a garota escrevera:

Descobri que eles estão todos numa casa bem no meio do triângulo. Vou para lá. Não se preocupe comigo, pai.

Ingra

Henri desvencilhou-se de Suélen e correu de volta à sala. Estava tudo claro em sua mente, agora! O mapa de Santo Antônio das Rochas, o triângulo formado pelas casas... devia haver outra no meio do desenho. Ele precisava do mapa em que Ingra desenhara o triângulo! Onde estava mesmo?

– Mãe! – ele se ouviu gritando, sua voz sobrepondo-se à discussão dos adultos. – Eu sei pra onde a Ingra foi: pro centro da cidade. Tem um mapa lá no apartamento da vó Maria Clara... nele está indicado o lugar.

Plínio agarrou o sobrinho pelos braços.

– Você tem certeza, Henri? Como sabe?

Débora, porém, estava cansada de conversa e ansiosa por agir. Empurrou o motorista para a saída.

– No caminho ele explica. Henri, chame a filha da Arlete lá dentro. Vamos com seu Tito para a casa de mamãe!

A caminho do centro, Henri contou sobre o desenho que Ingra fizera no mapa: o triângulo unindo o prédio de apartamentos, o Refúgio do Riacho e o casarão do Jardim Zurique.

Falava mecanicamente, pois só pensava no que acabara de saber por tio Plínio: seu pai chegara à cidade, estava na casa de Rildo Falcão.

Se havia alguém com quem ele ansiava se encontrar, no meio daquela confusão toda, era com Maurício.

— Tio, tem novidade lá – disse Ingra, que, com o nariz encostado no vidro do carro de Anderlisa, não tirava os olhos da casa.

Maurício confirmou a observação da sobrinha. Vultos recém-chegados pareciam rondar o jardim, antes deserto.

— Seguranças... – ele resmungou, preocupado. Se já achara uma temeridade os amigos terem entrado numa casa repleta de suspeitos, agora a situação piorava. Tinha de agir para ganhar o tempo de que precisavam.

— Ingra, temos de fazer alguma coisa. Eu vou ver se consigo distrair esses seguranças, se entro pelos fundos, não sei. Você fica quietinha aqui e, se nenhum de nós sair nos próximos vinte minutos, corra para o apartamento de sua avó e peça que ela chame a polícia. Sabe onde é, não?

A sobrinha, relutante, concordou.

O pai de Henri saiu do carro, fechando silenciosamente a porta, e deu alguns passos na rua encharcada pela chuva.

Sem poder agir, com medo de ferir o jornalista, Anderlisa o viu agachar-se e rodopiar o corpo sobre a perna direita, num movimento ágil, fugindo dos dois atacantes no pequeno espaço entre a escada e os sofás. Jogando-se de costas no chão, ele rodou a perna direita, acertando em cheio o peito de Joenir, que foi projetado de encontro à parede. Enquanto se esquivava de um soco de Antunes, Rildo novamente rolou pelo chão, preciso, e ergueu-se às suas costas, prendendo os braços do delegado por trás.

— Como veem... há alguma vantagem em se ter de lutar todo dia contra o racismo e o preconceito. – O jornalista sorriu, tomando o revólver que Antunes trazia num coldre à altura da axila esquerda. – A gente é obrigado a se manter em forma... Acho que agora poderemos conversar civilizadamente.

Joenir levantou-se, ainda tonto com o golpe.

– Vocês estão perante autoridades. Vão pagar caro! – ameaçou Antunes.

– Autoridades? Digam, que autoridade moral vocês têm? – respondeu Anderlisa, altiva. – Vamos continuar o desarmamento por aqui. Doutor Pascoal, tenha a bondade. Ouvi dizer que o senhor costuma andar armado... Rildo, pegue a arma.

Enquanto o jornalista tomava a pequena pistola no bolso interno do *blazer* do pai de Fausto, Petrônio fez um movimento brusco, com uma agilidade impressionante para a sua idade e peso, jogando-se para trás do sofá enquanto sacava uma arma.

A reação da policial foi imediata. Antes que seu corpo sumisse atrás do móvel, o deputado viu um único tiro arrancar-lhe o revólver da mão direita, provocando um grito de dor e um palavrão.

– Pode xingar, doutor – respondeu ela. – E com isso creio que podemos começar nossa conversa. Fiquem à vontade. Pena que eu não possa aceitar um café. Numa reunião de víboras como esta, ele pode estar envenenado...

Vagarosamente, e ainda sob a mira dos revólveres de Anderlisa e Rildo, todos voltaram aos seus lugares. Apenas dona Caluza correu a acudir Petrônio, que segurava a mão ensanguentada.

– Que absurdo! Isto é um encontro de amigos e vocês se acham no direito de entrar atirando...? – resmungou Joenir.

JJ recomeçou a rir, como se achasse aquilo tudo uma grande comédia. Leonora parecia uma estátua de pedra, em sua cadeira. A mãe de Antunes improvisava um curativo no deputado, e os outros trocavam olhares.

Rildo, com as armas de Pascoal e Petrônio em punho, aproximou-se da namorada. Falou bem baixinho, de modo que apenas ela o ouvisse:

– Nem sinal dos garotos.

Ela apenas concordou com a cabeça. Eles não tinham visto ninguém no andar de cima, a não ser a velha mal-encarada. E aquela sala subterrânea parecia não possuir outra saída. Teria Ingra se enganado?

Finalmente Petrônio quebrou o silêncio com a voz fraca, a mão ferida envolta numa atadura.

– Vocês invadiram propriedade particular... agrediram um representante do povo... e estão ameaçando autoridades e cidadãos respeitáveis... O que pensam conseguir com isso?

Rildo sentou-se num dos degraus da escadinha, sem baixar a arma. Sorriu candidamente para o deputado.

– Parece que não fomos os únicos a invadir sua "festinha", senhor deputado – disse, apontando JJ. – E quanto a ser representante do povo, isso não vai durar muito. Pouco antes de vir para cá recebi notícias de um amigo, em Brasília. Lembra-se da CPI que investiga certas atividades ilegais dos membros da Câmara? Reuniu-se hoje à tarde, em sessão extraordinária.

Petrônio nem se dignou a olhá-lo.

– Está tudo sob controle na CPI – disse, com desdém. – Não teria me ausentado de Brasília se não estivesse.

O jornalista retrucou, com um sorriso não menos desdenhoso:

– Às vezes ocorrem surpresas, deputado. Surgiram novas provas da participação de congressistas numa operação de tráfico de drogas. Pelo menos três dos deputados envolvidos devem ter os mandatos cassados esta semana. Seu nome é o primeiro da lista... Petrônio ficou mais vermelho que o sangue em sua mão.

– Blefe! Eu saberia se isso fosse verdade. Meus assessores... Rildo o cortou.

– Seus assessores devem estar tentando um contato feito loucos, deputado. Mas, desde que a chuva desabou, os telefones em Santo Antônio das Rochas enlouqueceram. Nem mesmo os celulares estão funcionando direito...

Com a mão sã, o gordo advogado pegou seu telefone no bolso e começou a digitar. Pareceu esquecer-se de tudo que o cercava, enquanto tentava, sem resultado, encontrar alguém com quem falar.

Somente então Leonora reagiu. Levantou-se e declarou, com o seu costumeiro ar de mando:

– Esta é minha casa e a senhora não trouxe um mandado, nem sequer deu uma explicação para estar aqui. Nenhum de nós desrespeitou a lei e, que eu saiba, neste recinto o único que está ameaçado de prisão é JJ. Portanto é melhor que se retire com seu amigo.

Anderlisa, com uma súbita inspiração, contra-atacou.

– Como quiser, senhora Levington. Vamos nos retirar e antes daremos a "explicação" para nossa presença. Recebi uma denúncia de sequestro, que, como sabem, é crime hediondo. Especialmente quando envolve crianças...

Dessa vez até JJ se surpreendeu. Petrônio, que continuava, sem sucesso, discando números de assessores, estacou, de celular na mão. Leonora, pálida, fitou Joenir. O marido de Lucimara parecia tão perplexo quanto ela.

– Que história é essa de sequestro de crianças? – disparou Pascoal, tentando lembrar-se da última vez em que vira o filho, Fausto.

Rildo sorriu. Anderlisa tinha conseguido ganhar o tempo de que precisava. Agora era só seguir com o plano... e rezar para que desse certo.

– É uma história longa, mas acho que os senhores vão gostar de ouvir.

Vendo que Rildo continuava mantendo Antunes e Joenir sob a mira da arma, a investigadora relaxou. E começou a falar...

Os olhos acostumados à escuridão, Fausto cutucou o primo.

– Agora, Bruno! É nossa chance, vamos!

Acho que não vamos conseguir, Fausto. E aquela mulher...

– Ela saiu da cozinha. Nós ouvimos quando ela foi pra fora, e não voltou. Temos de tentar agora, antes que a bruxa apareça...

– Não sei não. Essa porta é grossa pra danar.

– Coragem! Vamos, encolha as pernas! Quando eu disser "três", a gente chuta com toda a força. Um, dois, três e...

Apertados dentro do minúsculo armário, os dois garotos desferiram um golpe desesperado com a sola dos pés contra a porta.

– Ainda não deu. Mas temos de conseguir!

– Tudo bem, outra vez! – disse Bruno, recobrando a esperança e lutando contra a falta de ar naquela prisão.

Flexionaram as pernas e deram nova pancada na madeira. Finalmente conseguiram uma pequena rachadura, por onde entrou um filete de luz.

– Agora vai – disse Fausto. – Logo, antes que ela volte!

Os dois pares de pernas vazaram por um rombo aberto na madeira à sua frente. Ganhando novas energias, esgueiraram-se, conseguindo sair do armário, em frente da porta de tela. Ao colocarem-se de pé, ainda sentindo no corpo os efeitos da posição incômoda em que haviam ficado, ouviram murmúrios distantes, mas não viram ninguém.

– Estranho... – comentou Bruno, esticando-se. – Com o barulhão que fizemos, ninguém apareceu. Será que...

– Psiu! – cochichou Fausto, encolhendo-se.

Passos se aproximavam, vindos da frente da casa. Os dois perceberam que um estranho chegava perto... Provavelmente um segurança que ouvira o som dos golpes contra a porta corrediça do armário: um brutamontes mal-encarado com um *walkie-talkie* na mão.

O homem resmungou algo ininteligível no aparelho, colocou-o no bolso do colete e avançou para eles. Bruno apertou os punhos e esperou. "Pelo menos desta vez não vão nos pegar de surpresa", pensou Fausto.

Respirando fundo, o garoto achou que havia chegado a hora de pôr em prática os ensinamentos de suas aulas de judô em Curitiba.

A chuva continuava a cair. Enquanto seu Tito estacionava o carro em frente ao edifício, Plínio pensou que a natureza parecia querer limpar Santo Antônio. "Pena...", pensou ele, "...que nem toda a água do mundo conseguiria lavar as manchas dos crimes que se cometeram nesta cidade...".

– Você vem ou não vem, mano? – chamou Débora, que, com Suélen e Henri, já seguia para a portaria do prédio.

O pai de Ingra correu atrás delas. Quase trombou com os outros, parados na entrada.

Sentada num dos sofás no saguão junto a uma jovem mulher desconhecida, estava Maria Clara. As duas pareciam estar há um longo tempo sentadas ali, num silêncio constrangido. Ao vê-los, a viúva de JCL suspirou:

– Enfim! Estava tão preocupada... os telefones mudos, a chuva que não para... Onde estão os outros? As crianças?

Olhava, ansiosa, para Suélen e Henri. Plínio, desconfiado, observava Lucimara sentada no sofá.

– Fausto, o outro menino e Ingra sumiram – ele disse. – Procuramos por toda parte e pensamos que pudessem estar aqui.

– Ah, Deus... – gemeu a filha de Leonora, desesperada.

– O Henri acha que sabe onde eles estão, mas precisa de um mapa que ele viu no apartamento – completou Débora.

Maria Clara, percebendo o olhar dos filhos e dos netos para Lucimara, tomou uma decisão.

– Vamos todos subir e conversar. Não adianta ficarmos aqui olhando uns para os outros... – Ia se encaminhando para o elevador, mas estacou, como quem se lembra de algo. – A propósito, esta é a mãe do "outro menino" que sumiu, Bruno... Lucimara Levington.

Débora e Plínio, pegos de surpresa, emudeceram, enquanto embarcavam ao lado da meia-irmã na viagem de elevador mais bizarra de suas vidas.

Naquele exato momento, a voz de Anderlisa, no porão da casa de Leonora, parecia um eco do passado, contando uma história irreal como um conto de fadas.

– Desde jovem, o construtor João Carlos Lorquemad tinha estranha fixação por triângulos e pirâmides. Na década de 1950, começou a trabalhar numa pequena construtora, e na mesma época filiou-se a uma antiga organização aqui da região, de que seu pai tinha feito parte: a Sociedade do Triângulo.

– Era só o que faltava, ficarmos aqui ouvindo historinhas... – resmungou Petrônio, voltando a digitar alguns números no celular.

– O senhor é parte dessa história, doutor. E pode parar de fingir. Ninguém aqui é ingênuo. Não vai querer nos convencer, por exemplo, de que o doutor Eduardo morreu por acidente lá na Espanha?

– Ele andou saindo fora da linha – resmungou Joenir. – Querer abandonar os amigos, depois de tantos serviços prestados!

– Eles não iam deixar um arquivo ambulante desses vagando por aí... – confirmou Pascoal. – É uma pena, porque o Eduardo era um ótimo dentista.

Antunes estava quase espumando de ódio.

– Calem a boca, estúpidos! Acabam de admitir que sabiam da morte de Eduardo! Nem eu sabia disso até hoje à tarde...

– Como eu ia dizendo – continuou Anderlisa, com um sorriso –, o jovem e ambicioso Lorquemad tinha já na época suas economias. Acabou se tornando sócio da Construtora. E no espaço de poucos anos os acionistas foram, pouco a pouco, vendendo suas ações para ele, até que só restaram João Carlos e um dos sócios originais, que não queria vender sua cota.

– E daí? – interrompeu o delegado, mais calmo. – Qual o grande segredo? Qualquer pessoa, na cidade, conhece essa história.

Rildo continuou a narrativa da namorada, desta vez olhando fixamente para Joenir.

– Mas o que uma pessoa me contou, há pouco, é que o tal sócio morreu de repente, e a viúva vendeu sua parte imediatamente, sem consultar o resto da família. JCL se tornou o único dono da construtora, e a partir daí começou a enriquecer, com a ajuda de amigos na política.

– Isso tudo é pura ficção – atalhou Leonora –, e não tem nada a ver com o momento presente. Onde estão as explicações que prometeram?

– Calma, chegaremos lá – prometeu a investigadora, pegando um caderninho de anotações. – Aliás, tenho aqui o nome do sócio que morreu tão inesperadamente... Francisco Bravin. Alguém aqui se lembra dele?

Um silêncio foi a resposta. Sem se perturbar, Anderlisa continuou:

– Pois Francisco Bravin, que ninguém aqui diz conhecer, tinha descendentes, sobrinhos. Alguns deles viram, revoltados, a ascensão da empresa que deveria ter sido sua também.

Joenir estremeceu, mas nada disse. Rildo tomou a palavra e continuou.

– O resto nem é preciso contar. JCL ganhou muito dinheiro participando de negociatas, licitações viciadas, arapucas... Quando o governo do país se transferiu do Rio de Janeiro para o Planalto Central, ele conheceu um senhor que transitava na política latino-americana e dizia ter poderes paranormais...

– Mondraquezi! – atalhou a policial.

– Exatamente. O esperto *el brujo* percebeu que JCL era supersticioso. Com suas predições e cálculos de numerologia, convenceu o amigo a aceitá-lo na sociedade secreta, e desde então ela, que só se metia em atividades de direita, como denúncias a comunistas e manifestos fascistas, começou a agir nos subterrâneos da administração pública, corrompendo e comprando consciências. Seus sócios enriqueceram... Estou mentindo, doutor Petrônio?

– Não pode provar nada... – resmungou o deputado, de maneira não muito convincente. Desistira de acionar o celular; o ferimento da mão parara de sangrar e parecia superficial.

– Veremos – atalhou Anderlisa. – O senhor se aliou a JCL e Mondraquezi no princípio da ditadura militar. Começava a ter influência em Brasília. A princípio como advogado dele, e depois com um cargo público, o senhor deu alguns "empurrõezinhos" na organização e nos negócios, não?

Ninguém respondeu. Os olhos de Rildo Falcão pareciam pular das órbitas, quando narrou a parte seguinte da história:

– Com a paranoia anticomunista do governo militar, a sociedade passou a demonstrar sua vocação racista. Seu membro mais influente, JCL, marcou suas propriedades com o símbolo do triângulo. Mas ele e Mondraquezi queriam diversificar as operações.... e foi então que começaram as investidas em atividades ilegais, como o tráfico de entorpecentes.

Várias vozes começaram protestos tímidos, que Anderlisa cortou levantando a arma novamente.

– Esse foi o começo de uma guerrinha entre as duas facções da sociedade, não é? As inimizades internas foram minando a organização. JCL começou a receber cartas anônimas, com o timbre do triângulo. Essa guerra fez muitas vítimas... as mais recentes foram a modelo e o dentista. Mas não podemos nos esquecer de Francisco Bravin, o sócio de quem ninguém se lembra... Estranho. Porque ele tem parentes próximos, aqui mesmo nesta sala. Não é mesmo, Joenir?

Foi a vez de Antunes demonstrar espanto.

– Você? – berrou o delegado.

– Não adianta negar – continuou Rildo. – Uma fonte me contou hoje essa história inteira, incluindo a da família Bravin. Um dos sobrinhos de Francisco jurou vingar-se de JCL, que considera assassino do tio: Joenir **Bravin** Maranto! Quem sabe se ele não levou esse juramento até as últimas consequências?

JJ quase saltou sobre eles.

– Está insinuando que **ele** matou meu pai?

Ruídos estranhos vieram do andar de cima. Batidas, passos. Todos os olhos procuraram a escada, menos os de Leonora, que, brilhantes e vingativos, estavam fixos em Joenir.

– Para trás, todos! – ameaçou Rildo, a arma sempre firme.

Anderlisa o consultou com o olhar, indecisa em continuar ou não com o plano de ganhar tempo. E se os garotos estivessem mesmo em perigo?

A ex-amante de JCL, porém, precipitou sua decisão. Saindo afinal de sua cadeira, aproximou-se.

– Esta reunião está sendo muito reveladora, mas o que me interessa saber é: por que falaram em sequestro? Quem foi sequestrado?

Vendo que o jornalista lhe fazia um sinal positivo, a investigadora respondeu, pela primeira vez com certa compaixão na voz.

– Seu neto, Bruno, e o garoto Fausto. Os dois desapareceram. E uma denúncia... diz que são prisioneiros nesta casa.

– O quê?! – gritaram ao mesmo tempo Joenir e Pascoal.

Leonora sentiu-se desfalecer. Aproveitando a confusão que começava a se formar, a mãe de Antunes chegou-se à parede dos fundos da sala e mexeu num quadro que ninguém antes notara.

Imediatamente as luzes se apagaram. Um clarão iluminou o porão, ao mesmo tempo em que se ouvia o estampido de um tiro.

O brutamontes aproximava-se perigosamente. Fausto, por sua vez, os braços à frente do rosto como um lutador de artes marciais, insinuou dois ou três golpes. Era sua única oportunidade. O segurança procurava uma brecha no meio daquela guarda desajeitada.

O garoto não podia se distrair, porque o inimigo era perigoso. Precisava agir como um verdadeiro lutador.

Feito um relâmpago, saiu da frente do homem enquanto seus braços se esticavam e as mãos se abriam, prendendo o braço inimigo com toda a força. Aproveitando o desequilíbrio momentâneo do brutamontes, ele girou o braço por cima do ombro e usou o corpo como alavanca.

Bruno não pôde conter um grito de desabafo ao ver o segurança desabar no chão. Ao tentar levantar-se, o homenzarrão teve o braço preso entre as pernas do garoto, que começou a torcê-lo.

– Rápido, Bruno! - gritou o primo. – Veja se acha qualquer coisa parecida com uma corda!

O filho de Lucimara ia saindo pelos fundos, à procura de algo, quando outro segurança entrou. Esse não perdeu tempo e agarrou o garoto pelos braços, imobilizando-o com facilidade. Bruno gemeu e Fausto começou a suar, usando todas as suas forças para manter preso o primeiro brutamontes, que não parava de se debater.

Súbito, uma voz veio da porta dos fundos, ainda aberta.

– Solte o menino. Quero os dois quietos, senão atiro.

Fausto conhecia aquela voz, mas não se lembrava de onde. Sentiu o segurança parar de se mexer, enquanto o outro homem soltava Bruno.

– O varal de náilon nos fundos, perto do tanque – orientou a mesma voz. – Deve servir como corda. Vá pegar!

Bruno passou pelo estranho, obedecendo. Logo mais os dois seguranças estavam amarrados e amordaçados num canto junto à pia da cozinha. E Fausto finalmente descobrira quem era o providencial estranho.

– Tio Maurício. Eu quase não reconheci o senhor... Nem sabia que andava armado.

O pai de Henri sorriu para o sobrinho.

– E não ando. Apenas blefei... e eles não quiseram pagar para ver. Agora vamos, vou tirar vocês daqui. Ingra está lá fora, no carro.

Foi naquele exato instante que tudo escureceu e eles ouviram, embora um tanto abafado, o ruído de um tiro.

Ingra olhou o relógio de pulso. Não marcara a hora em que tio Maurício deixara o carro, mas tinha certeza de que não haviam se passado ainda vinte minutos. Apesar disso, **sabia** que precisava sair dali. Alguma coisa ia acontecer, e ela tinha um trabalho a fazer.

Abriu a porta do carro e saiu. A chuva continuava intensa.

A casa antiga, com o triângulo quase desfeito na fachada, a atraía. Ela andou na direção do portão. Tudo ali parecia silencioso e deserto. O vento e a chuva incessantes, porém, faziam ruídos que – em seus ouvidos sensíveis – soavam como vozes.

Vozes do passado, distante e recente. Que contavam histórias de luta por poder e ódio. Entre elas, Ingra ouviu distintamente a do velho Belarmino: *Tenho muita pena da família docêis, sabia? Tanta cobiça, tanta ganança, pra quê? Já morreu gente, vai morrê inda mais...* Ela empurrou a porta da frente, que alguém esquecera destrancada. A casa estava às escuras. Ouviu vozes distantes que pareciam discutir. Mais próximos, golpes de uma luta... Mas foi como se não ouvisse nada. Tinha a atenção presa à casa, que a guiava como se fosse uma coisa viva, pulsante.

A distribuição dos cômodos era familiar... como o casarão e o apartamento da avó. Mesmo com as luzes apagadas, ela se dirigiu à sala à esquerda do *hall* de entrada e penetrou no que parecia um escritório. Sob a luz fraca dos postes da rua, entrando pela janela, Ingra caminhou até a parede do fundo e estendeu a mão. Sentiu, mais do que viu, o livro que procurava na estante. Uma velha Bíblia, de capa preta gasta e com a gravação quase desfeita: um triângulo.

A garota folheou o livro e retirou, de algumas páginas amarelecidas, pequenos pedaços de papel de seda com números escritos a lápis. Leu o que diziam, dobrou-os com cuidado e guardou-os no bolso.

Então pareceu despertar, pois ouvira gritos de vozes conhecidas.

– Fausto... Bruno! – ela balbuciou.

Virou-se para ir ao encontro do som, mas trombou com dois homens na porta. Um deles estacou ao vê-la e arrancou de suas mãos a Bíblia.

– É a neta dele! – disse o outro. – Vamos levá-la. Me dê o livro.

Antes que pudesse reagir, Ingra viu-se agarrada e arrastada, a boca tapada pelas fortes mãos do homem. Saíram na chuva, deixando para trás a casa e as vozes. Na rua, ela foi empurrada para um carro preto estacionado ali perto.

Sem uma palavra, os homens deram partida no carro e avançaram pela rua molhada, fazendo guinchar os pneus e passando em meio a várias luzes que se moviam, homens que gritavam tentando impedi-los de passar.

Quando o brutamontes que a agarrara soltou sua boca, a menina olhou pela janela do carro; viu que seguiam sob a tempestade, por uma das ruelas que desembocavam na avenida que levava ao aeroporto da cidade.

E ouviu a sirene da polícia que soava cada vez mais alta.

Todos os olhos fitaram fixamente o mapa que Arlete, sem entender nada, desdobrara na mesa da sala a pedido de Maria Clara. Henri percorreu com o dedo o triângulo desenhado a lápis por Ingra, demarcando as três casas.

— Nós descobrimos que as casas do vovô formavam um triângulo equilátero — explicou. — No bilhete, Ingra diz que "todos estão bem no meio do triângulo"... portanto, devem estar nesta rua aqui.

Mostrou um ponto que parecia ser o centro geográfico de Santo Antônio das Rochas. Plínio tomou o mapa e leu em voz alta o nome da rua. Duas pessoas reagiram àquele nome.

— É onde fica a casa de minha mãe... — gemeu Lucimara.

Maria Clara assentiu, balançando dolorosamente a cabeça.

— Eles sempre se reuniram lá... Era a casa de João Carlos quando criança.

– Eu me lembro dessa casa – disse Plínio. – Papai dizia que a vendeu por volta de 1960, quando éramos pequenos.

– Ele não a vendeu – disse a mãe –, simplesmente passou o imóvel para o nome de Leonora.

Débora quase gritou.

– Se eles estão lá, vamos buscá-los! Qual o problema?

Plínio fez a irmã sentar-se, antes de responder.

– A casa pertence a dona Leonora. Parece que papai e seus... associados a usavam para certas reuniões secretas.

Foi somente então que a matriarca da família lembrou:

– Esperem... Pascoal muitas vezes compareceu a essas reuniões com o pai. Ele deve estar lá. E não iria sumir com o próprio filho!

– Joenir também não – completou Lucimara, quase em lágrimas. – Ele nunca me contou, mas eu sei muito bem que fazia parte da sociedade e vinha para cá reunir-se com os outros. Por que ele sumiria com o Bruno?

Todos os olhos se voltaram para ela. Ninguém ali sabia quem era Joenir. A moça apoiou-se na mesa e explicou.

– Meu marido, Joenir Maranto. Ele e mamãe andavam metidos nessa tal organização. Tentaram esconder de mim, mas eu sempre soube.

Foi a vez de Plínio gemer. Ouvira aquele nome há anos.

– Joenir... Joenir Bravin Maranto? **Ele** é o seu marido?!

Débora sacudiu a cabeça com força, tentando entender.

– Esperem, esperem. Se Pascoal, sua mãe e seu marido fazem parte desse grupo misterioso que se reúne na casa, não há motivo para temer. Os meninos podem simplesmente estar com os pais.

Maria Clara, porém, reagiu inesperadamente.

– Vocês se enganam. Leonora estava desesperada atrás do neto, e se soubesse que ele estava a salvo teria avisado a filha. Se ela não sabe, nem Pascoal nem o pai do menino devem saber... isso é coisa dos **outros**.

– Mas que outros? – murmurou Débora. – Do que é que vocês estão falando, afinal?

A viúva de JCL suspirou.

– De algo que eu esperava que vocês nunca soubessem... Mas, infelizmente, não é mais possível esconder isso. Alguns membros dessa organização de que João Carlos fazia parte só pensavam em lucros e não machucariam membros de sua própria família. Mas outros são gente fanática, capaz de tudo. Vamos para lá agora mesmo! Agora sei que meus netos correm perigo.

Henri sentiu a mãe abraçá-lo com força, como que amedrontada pela possibilidade de ele também sumir. Viu que Suélen estava também abraçada a Arlete, no outro canto da sala. Plínio pegou o celular.

– Vou chamar a polícia – ele disse. – Isto já passou dos limites!

A mãe, porém, segurou seu braço suavemente.

– Não adianta, meu filho. O delegado da cidade é um deles – e dos piores. Nossa única oportunidade é chegarmos de surpresa... Levando a filha de Leonora conosco, correremos menos riscos. Vamos!

Deixaram Arlete com os adolescentes. E, no carro guiado pelo fiel motorista, Plínio e Débora seguiram com a mãe e a meia-irmã em direção à tal rua no centro da cidade.

No último quarteirão, contudo, um policial saído de uma viatura da Polícia Militar – com chapa da cidade vizinha – barrou-lhes a passagem.

– Desculpem, ninguém pode entrar nesta rua.

– Mas vou à casa de minha mãe! – reclamou Lucimara, pondo a cabeça para fora, sem se importar com a chuva. – Meu filho está lá.

Outro PM se aproximou, segurando um rádio e parecendo ter patente superior à do primeiro.

– Desculpe, senhora, esta é uma operação conjunta com o Corpo de Bombeiros... Recebemos ordens de cercar a rua. Houve um problema... por causa da chuva. Há risco de desabamento, mas é uma ação preventiva, não há vítimas. Já vamos evacuar as casas... Está tudo sob controle, não se preocupem.

Outra viatura da PM, desta vez com chapa da capital, parou ao lado. Os Lorquemads dentro do carro, inclusive Lucimara, entreolharam-se. Algo estava acontecendo ali, e nenhum deles acreditou, nem por um momento, que aquela fosse realmente uma operação do Corpo de Bombeiros.

CAPÍTULO 21

Quando as luzes se acenderam, Anderlisa não pôde acreditar no que via. Rildo estava caído no chão, um filete de sangue manchando-lhe a camisa. Joenir, no alto da escada, dava murros na porta, que alguém trancara por fora. Pascoal e Leonora tentavam imobilizar a velha Caluza, que segurava um pequeno revólver.

JJ, pálido, encolhera-se num canto; Petrônio e Antunes haviam sumido.

– Parem! – gritou a policial, ameaçando o trio. – Largue essa arma.

A mãe de Antunes deixou cair o revólver, que Pascoal prontamente recolheu. Mas ele nada fez de ameaçador. Colocou-o no bolso e foi direto para Rildo. Desabotoou sua camisa, tentando avaliar o ferimento.

– Não vamos conseguir abrir – rosnou Joenir, ainda tentando forçar a porta. – Aqueles traidores! Fugiram e nos trancaram aqui!

Pela primeira vez, Anderlisa não soube o que fazer. Rildo estava inconsciente e, pela expressão no rosto de Pascoal, o ferimento não devia ser superficial. Ela ganhara o tempo que lhe fora pedido, mas... a que preço?

Foi então que uma voz veio do lado de fora, autoritária.

– Afastem-se! Vou forçar a entrada.

Um golpe se fez ouvir, e em poucos instantes a porta do subterrâneo se abria. No patamar da escada surgiu Maurício, acompanhado pelos dois garotos, Fausto e Bruno. Anderlisa fez força para manter a arma apontada para Joenir, que parecia esperar uma brecha para escapar também.

– Desça, você, e fique lá atrás – ela disse, tentando não deixar a voz fraquejar quando pensava no namorado ferido, talvez morto.

– Pai! – gritou Fausto, despencando pelos degraus ao ver Pascoal. – Aquela mulher prendeu a gente num armário, mas conseguimos escapar.

O filho mais velho de JCL suspirou, aliviado. Deixou-se abraçar pelo filho enquanto lançava um olhar vingativo à mãe de Antunes.

Leonora largou a velha Caluza em seu canto e correu a abraçar Bruno, que também descia precipitadamente.

– Vó! Pai! – ele balbuciou, perturbado pela visão do sangue que manchava as roupas do jornalista caído. Joenir quis aproximar-se do filho, mas um olhar gelado de Anderlisa o fez estacar.

JJ, mais seguro de si, fitou o recém-chegado.

– Isso é que é reunião de família! Seja bem-vindo, Maurício.

– Pois é – foi o comentário do pai de Henri. – É sempre bom reencontrar parentes. Principalmente do lado Bravin...

– O quê? – gritaram Pascoal e JJ, espantados.

– Não sabiam que também sou um Bravin? Pois sou sobrinho do velho sócio de meu sogro, assim como o Joenir – respondeu Maurício.

O marido de Lucimara vociferou, fora de si.

– Você traiu a nossa família, Maurício!

– Cale a boca, primo! Eu nunca fiz juramento algum de vingança relativo ao tio Francisco. Casei com Débora por amor, não fiz como você, que "emboscou" a pobre da Lucimara só para se infiltrar nas organizações de JCL. Eu posso dizer, de cabeça erguida, que nunca embolsei um centavo do dinheiro sujo dele! Mudamos para Águas de Lindoia e eu tentei, de todas as maneiras, manter minha mulher e meu filho longe da influência da família.

Nesse momento Rildo soltou um gemido. "Pelo menos está vivo", a investigadora pensou. Joenir, de semblante sombrio, deu um passo.

– Fiquem todos onde estão! – ameaçou Anderlisa, temendo perder novamente o controle das coisas. – Maurício, pegue meu celular e chame uma ambulância.

O pai de Henri abanou a cabeça.

– Os telefones da cidade estão mudos. Mas o carro do Rildo está aí fora, eu o levo para o hospital... Fausto, você e o outro menino vêm comigo.

– Não, eu quero ficar com meu pai – o garoto começou a dizer.

Pascoal, porém, apoiou o cunhado.

– É melhor ir com tio Maurício, filho. E tente ligar para sua avó. Todos devem estar preocupados com você.

– Vá, Bruno – concordou Leonora, que parecia ter pressa de ver o neto fora dali, longe do pai. – Sua mãe está na casa de dona Maria Clara.

– E a garota? – indagou Anderlisa, lembrando-se de Ingra.

– A esta altura deve ter ido também para o apartamento da avó.

– Vão depressa. Ele está perdendo muito sangue...

Assim que Maurício, ajudado por Fausto e Bruno, saiu do porão com o jornalista ferido, Leonora lançou um olhar furioso a Caluza e ordenou:

– Quero todos fora da minha casa, e já! Nada disso teria acontecido se vocês não tivessem invadido!

Anderlisa xingou-se interiormente. Distraíra-se olhando o transporte de Rildo e baixara a guarda; não vira que a ex-amante de JCL tomara de Pascoal a arma utilizada pela velha Caluza.

Arma essa que agora estava apontada diretamente para ela.

– Não faça isso, dona Leonora. Só vai piorar a sua situação.

A mulher riu, um riso nervoso temperando suas feições autoritárias.

– Que situação, mocinha? Eu estava em minha propriedade, recebendo amigos, quando você e aquele *papparazzo* invadiram.

Todos aqui são testemunhas disso, e vão confirmar o que eu disser. Ou pensa que sua palavra vale mais que a nossa, a do deputado e mais a do delegado?

– Os dois, muito convenientemente, escapuliram – retrucou a investigadora. – Não, dona Leonora, desta vez não vão conseguir abafar a verdade. Esse seu Triângulo pode ser poderoso, mas nem tanto.

– É o que veremos – disse a outra, erguendo mais o revólver.

Anderlisa sabia que daquele ângulo, por melhor que atirasse, não conseguiria desarmar Leonora como fizera a Petrônio. Estava em desvantagem.

Foi então que uma nova voz, desconhecida para quase todos ali, soou no limiar do corredor.

– Sim, é o que veremos.

E todos os presentes viram, ladeado por dois PMs armados, aparecer na porta o vulto impávido do agente Paulo Azambuja.

A chuva aumentara. Os limpadores do para-brisa eram inúteis para tornar a visão de Petrônio, ao volante, mais eficaz. E a sirena da polícia parecia soar cada vez mais próxima.

– Entre no próximo retorno e vá pela travessa de terra, à esquerda – instruiu Antunes. – Vamos despistá-los.

– Não devíamos precisar disso – retrucou o deputado, seguindo com dificuldade as instruções. – Não podem me prender, tenho imunidade parlamentar. E você, é ou não é o delegado deste fim de mundo?!

Antunes conferiu a garota, encolhida no banco de trás do carro.

– Sou, mas com a Federal na nossa cola a coisa muda de figura. Esses carros da PM não são daqui. A coisa está ficando grande demais, doutor Petrônio. Se não dermos o fora depressa, podemos nos dar mal.

– Bobagem. Temos uma segurança, a menina. Maria Clara e Leonora farão tudo que quisermos, quando souberem que nós a temos. Conferiu o livro?

Antunes folheou a Bíblia que tirara de Ingra no escritório da casa.

– Nada, vazia. Ele deve ter dado fim nos papéis... ou usado outro código, mudado o esconderijo, sei lá.

O outro diminuiu a velocidade, percebendo que os carros da polícia haviam ficado para trás. Haviam-nos despistado após o retorno.

– A menina estava mexendo no livro. O que é que você sabe sobre isso, hein, garota? É melhor ir falando.

Ingra estremeceu. Os papéis com números anotados, iguais aos que vira a avó tirar da Bíblia do apartamento, estavam em seu bolso. Se aqueles homens os queriam tanto, isso só podia significar uma coisa... Em sua mente, ela viu JCL tramando mais um triângulo, dos tantos que traçara em sua vida. A última peça que faltava, para que Ingra entendesse toda aquela história, encaixou-se. E a garota soube, instintivamente, que teria de blefar... ganhar tempo.

– Sei de tudo, meus primos também. A essa altura o Henri já contou pros nossos pais e pra Polícia. O investigador federal ia lá em casa hoje.

Petrônio e Antunes entreolharam-se. O delegado tratou de se defender.

– O Azambuja disse que iria procurar os Lorquemads só amanhã! Essa menina está mentindo.

– Não estou, não. Nós descobrimos tudo e contamos para o Rildo e a Anderlisa. Ela avisou o investigador. Vovô tinha várias Bíblias, todas iguais, com o triângulo marcado nelas. Em algumas páginas ele colocava pedaços de papel com números marcados... pareciam versículos da Bíblia, mas eram os números das contas dele fora do país. Vovô abriu contas em muitos lugares, na Europa e no Caribe. Ninguém desconfiava...

O som das sirenas, que havia quase desaparecido, voltou a ser ouvido. Petrônio pisou com força no acelerador.

– Devem ter entrado na rua atrás de nós. E agora, para onde vamos?

Antunes olhou pelas janelas molhadas, tentando se localizar. Fez um gesto para o deputado.

— Deixe que eu dirijo. Sei um atalho para o aeroporto, passando por uma ponte sobre o rio, na periferia... Do aeroporto sumimos daqui e levamos esta garota esperta conosco.

Em instantes os dois haviam trocado de lugar e o carro preto seguia, por ruelas cheias de buracos, despistando as viaturas da PM.

Ingra percebeu que não ganhara tempo suficiente. O deputado devia ter algum pequeno avião à sua espera no aeroporto da cidade...

Ela sentiu, de repente, aquele conhecido formigamento nos lados da cabeça enquanto uma imagem sinistra insinuava-se entre seus pensamentos. Estremeceu. Sabia que aquilo realmente aconteceria...

Viu um motorista tentando evitar a queda de um carro, trafegando em alta velocidade, na ponte arrebentada sobre um rio revolto. Depois ouviu o ruído ensurdecedor de uma freada, enquanto uma enorme, quente labareda aparecia diante de seus olhos. Sem distinguir direito o que era visão e o que era realidade, Ingra soube, num segundo, que os três naquele carro estavam rodando para a morte... e ela era a única que podia salvá-los.

Algemados pelos policiais que acompanhavam Azambuja, Joenir e Caluza foram levados para uma das viaturas que cercavam a casa. Anderlisa guardou sua arma e finalmente relaxou. Sentiase tonta e quase desfaleceu, vendo o sangue de Rildo manchando o chão.

Leonora, sentada num dos sofás, cercada por dois outros PMs, tomou uma garrafa térmica sobre a mesinha de centro e ofereceu à moça.

– Não está envenenado, como você insinuou. Pode tomar.

Ela se serviu de café num copo descartável. Depois voltou-se para o agente da Polícia Federal, que observava um perito recolhendo as armas que encontrara na sala: de Petrônio, Pascoal e Caluza.

– Por que demorou tanto? – ela disse. – Eu já não sabia o que fazer para ganhar tempo. Depois que aquela mulher atirou em Rildo...

– Desculpe, eu deveria ter entrado uns cinco minutos antes. Mas houve complicações lá fora...

JJ, que junto com Pascoal ocupava outro sofá, arregalou os olhos.

– Então vocês combinaram tudo isso? Foi uma... armadilha?

Paulo Azambuja sorriu ante o olhar malévolo de Leonora.

– Eu já tinha um mandado de prisão para Joenir, que há meses relacionamos com as atividades racistas da Sociedade do Triângulo. Mas precisávamos provar a ligação dele com o delegado Antunes e as operações ilegais. Enquanto tudo esteve nas mãos de JCL, não havia como pegá-los: ele era muito esperto... Mas depois que Petrônio assumiu o comando do tráfico de drogas, mesmo com a assessoria de dona Leonora, informações vazaram. Foi uma questão de tempo obtermos a cooperação de um membro da organização e esperarmos sua próxima reunião para reunir provas...

A ex-amante de JCL não se conteve, desta vez.

– Não é possível... vocês tinham microfones escondidos nesta sala? Ninguém jamais entra aqui, a não ser eu e Caluza!

– Gravamos a conversa toda – respondeu o agente com um sorriso enigmático. – O conteúdo da fita será ouvido inclusive pela CPI que investiga as atividades ilegais de Petrônio e outros parlamentares.

– Mas quem?... – a mulher, de repente, fixou os olhos em Pascoal.

Calmamente, o pai de Fausto tirou, de um bolso interno do paletó, um pequeno transmissor, que poderia ser tomado por uma agenda.

– Você?! – berrou JJ. – Informante da polícia? Por isso estava tão nervoso quando eu comecei a "lavar a roupa suja" da família...

– Eu havia combinado com o agente Azambuja que estimularia as pessoas a falarem das atividades ilegais das organizações. Não esperava a sua aparição com tanta conversa que não estava no programa... Quando a policial entrou e passou a contar aquela história, percebi que estava fazendo o mesmo jogo.

– Sim, Azambuja me ligou pouco antes de o Rildo chegar e me instruiu sobre a situação. Eu sabia que ele iria gravar tudo o que disséssemos e que tinha um aliado aqui dentro. Mas nunca pensei que fosse o doutor Pascoal, suspeitei que fosse JJ.

– Eu, hein! – protestou o filho caçula de JCL. – Eu só queria tirar algum dinheiro desses crápulas! Eles aprontam mil e uma, matam meu pai e ficam com a grana, enquanto eu sou acusado de assassinato...

Leonora levantou-se do sofá, furiosa, e investiu contra os irmãos.

– Não tenho nada a ver com a morte de João Carlos! Pode até ser coisa do Petrônio ou do Antunes... mas eu não sabia de nada!

– Temos certeza disso – acalmou-a Azambuja. – Infelizmente, tenho um mandado de prisão para a senhora também, embora não se refira ao assassinato. Seu nome está ligado à operação naquele aeroporto da fazenda dos Lorquemads, junto à fronteira. Um avião colombiano carregado de cocaína foi apreendido lá no dia seguinte ao incêndio. Foi por isso que tive de viajar de repente: mas com a ajuda de Lizário, o caseiro do Refúgio, consegui identificar os tripulantes e ligá-los a JCL e Petrônio. Eles estão numa "folha de pagamento" informal em que consta sua assinatura, dona Leonora. Quanto ao doutor Pascoal, há acusações contra ele, pois é membro da Triângulo... mas, dada a sua cooperação, as acusações serão negociadas pelo advogado dele com a Promotoria. Agora é melhor irmos, a situação ainda não está sob controle.

A um sinal dele, os PMs algemaram Leonora e a levaram. JJ, Pascoal, Anderlisa e Azambuja foram os últimos a deixar o porão.

– Tem notícias de Rildo? – perguntou a moça, enquanto subiam. – Maurício deve tê-lo levado ao hospital municipal.

– Não, mas não acredito que o ferimento seja muito grave. O que me preocupa é a menina.

– Menina? – exclamaram, a um só tempo, JJ e Pascoal.

– Ingra... – murmurou Anderlisa.

– Sim – confirmou o agente. – Aparentemente, ela entrou na casa e deu com Petrônio e Antunes, que fugiam... Eles a levaram. Passaram por nosso bloqueio e ainda estão sendo perseguidos pela PM.

– Meu Deus! – murmurou a policial.

Os outros ficaram em silêncio, enquanto deixavam a velha casa e pisavam na rua molhada de chuva. Trovões e relâmpagos continuavam a castigar os céus da cidade, como avisando que a tempestade não cessara.

Aquela deveria ser uma noite tranquila no Hospital Municipal de Santo Antônio das Rochas. Uma única emergência ocupava a sala de cirurgia... mas a vítima dessa emergência era o mais conhecido jornalista da cidade.

Quando Anderlisa entrou, uma multidão lotava a sala de espera do centro cirúrgico. Além dos curiosos, informados sabe-se lá por quem, repórteres de jornais e das estações de rádio e tevê locais caíram sobre ela como abutres.

– *Doutora Anderlisa!*

– *O que a polícia da cidade tem a dizer sobre esse atentado?*

– Nada a declarar... – ela começou.

– *É verdade que Rildo Falcão ia revelar fatos comprometedores sobre o delegado Antunes?*

– *A senhora confirma que foi um ataque de organizações racistas?*

– *Por que a Polícia Federal interveio na delegacia local?*

– *É verdade que a morte de Rildo está ligada ao incêndio que matou João Carlos Lorquemad?*

Ao ouvir a palavra **morte**, Anderlisa cambaleou. Não era possível!

Dois vultos conhecidos apareceram em meio aos membros da imprensa e a tiraram dali. Ela respirou fundo, vendo, por entre as lágrimas, o casal Maurício e Débora.

Eles quase que a arrastaram para uma sala ao lado, protegida dos repórteres por policiais da PM. Antes de entrar, a investigadora ainda ouviu, entre o burburinho dos repórteres, a pergunta indiscreta:

– *É verdade que a senhora e Rildo Falcão estavam noivos?*...

Na salinha, a salvo, ela sentou-se num sofá e viu que ali já estavam, além dos pais de Henri, Maria Clara e uma moça desconhecida, que tinha os olhos vermelhos de chorar.

– Ele... – A policial, apesar da coragem que demonstrara mais cedo, mal conseguia falar. A palavra **morte** continuava a dançar-lhe nos ouvidos.

Maurício tranquilizou-a.

– Rildo acaba de ser operado. Está na UTI, ainda inconsciente, mas os médicos dizem que sua situação é estável. Não podemos perder as esperanças.

"Ah, Deus, não permita que ele morra! Não agora...", ela rezou, em pensamento, sem forças para falar. Sua mente investigativa recomeçava a funcionar. O que todos estavam fazendo ali? Maurício e Débora eram amigos antigos do jornalista, mas e os outros?

– Estamos esperando a liberação dos meninos – Débora explicou. – Fausto e Bruno ficaram trancados por um bom tempo no armário, lutaram com dois seguranças... A polícia pediu um exame.

Logo mais, Anderlisa era levada por uma enfermeira até a ala de Terapia Intensiva. Através de um vidro viu Rildo, com vá-rios aparelhos ligados ao corpo e monitores ao lado, piscando ininterruptamente.

Ecos da voz dele soaram em seus ouvidos: *Case comigo, Lisa. Agora. Se a gente der entrada nos papéis amanhã, em poucos dias podemos...*

Baixinho, como que temendo ser ouvida, ela murmurou:

– Sim, meu amor. Eu aceito.

E jurou a si mesma que, se ele se salvasse, no momento em que saísse daquele hospital, a primeira coisa que fariam seria dar entrada nos papéis do casamento.

Tentou se recompor. Ao voltar para a sala de espera, com os olhos ainda úmidos, a policial viu a porta da frente abrir-se e Plínio entrar por ela. Estava pálido, suas mãos tremiam.

– Acabo de falar com o agente Azambuja – ele esclareceu. – Houve um acidente com o carro de Petrônio, perto do aeroporto... Uma ponte caiu devido ao temporal... O carro ia atravessar em alta velocidade, tentou frear quando viram a ponte caída, e aí bateu num barranco, eu acho.

Débora abraçou o irmão, condoída.

– Meu Deus... Ingra...?

– Ninguém sabe. A polícia e os bombeiros estão lá... Houve uma explosão. Azambuja me falou para esperar aqui... Parece que resgataram alguém, mas as notícias são confusas.

Anderlisa não pôde evitar o pensamento que, teve certeza, todos tiveram. A morte pelo fogo... seria sempre esse o destino dos Lorquemads?

Maria Clara, mesmo aturdida, ainda teve forças para per-guntar:

– Alguém de vocês sabe onde está o Pascoal?

– Ele e JJ foram para a delegacia, prestar declarações – disse a policial. – Não se preocupe, dona Maria Clara, seu filho vai responder às acusações em liberdade. Já Leonora, a mãe de Antunes e Joenir estão detidos.

A moça que Anderlisa não conhecia levantou os olhos vermelhos ao ouvir falar em Joenir. "Então é ela", a policial pensou. "A filha de Leonora."

Nesse instante, apareceu um homem vestido de branco trazendo Bruno e Fausto. Bruno correu para a mãe e Fausto para a avó, Maria Clara, que ouvia o médico.

– Eles estão bem. Poucas escoriações e contusões. As fotos da perícia e radiografias foram requisitadas pela polícia, mas a família pode vê-las.

Bruno, abraçado a Lucimara, correu os olhos em volta.

– E o meu pai? Onde está?

Lucimara abraçou-o mais forte, e fez um sinal imperceptível, que apenas Maurício percebeu. Aproximando-se do garoto, ele explicou:

– Bruno, sei que não é a melhor hora para lhe dizer isso, mas...

Quando o menino levantou os olhos, ele completou a frase:

– Joenir não é seu pai.

Bruno olhou-o, assustado e desconfiado. Olhou para a mãe, que se calou, como que confirmando as palavras do pai de Henri.

– Eu era a única pessoa que sabia disso, além de sua mãe. Ela me contou há alguns anos... Seu pai verdadeiro morreu num acidente quando Lucimara estava no início da gravidez. Joenir, que tinha sido namorado dela, convenceu-a de que devia casar-se novamente, para que você não crescesse sem pai.

A filha de Leonora fitou o filho, já sem chorar.

– Eu ia te contar, Bruno, mas a hora nunca chegava... – e, para Maria Clara: – Foi Joenir quem insistiu para entrarmos com a ação de paternidade. Eu sabia que era meu direito, mas tinha dúvidas... Ele não, mas por razões menos nobres; tudo que queria era se infiltrar nas organizações de meu pai, por isso aliou-se com aquele Antunes e com minha mãe. Queria dinheiro, vingança... Sei que cometeu muitos crimes. Mas, a seu modo, ele nos amava.

Débora, pela primeira vez, olhou a meia-irmã de maneira diferente. Ela fora mais uma das vítimas de JCL, jamais a intrusa que eles tinham imaginado.

Um clamor na sala de espera, lá fora, interrompeu seus pensamentos. Maurício abriu a porta e viu que os repórteres corriam para a entrada do hospital. A sirene de uma ambulância soava, ensurdecedora.

Plínio deixou a família na sala e abriu caminho entre repórteres, enfermeiros e bombeiros. Chegou à entrada de emergência a tempo de ver, entre os *flashes* dos fotógrafos, três macas sendo retiradas das ambulâncias.

– Ingra!!! – ele gritou, a plenos pulmões.

Numa das macas, uma cabecinha adolescente se ergueu entre a confusão de braços, uniformes e máscaras de oxigênio.

– Tudo bem, pai – uma voz fraca soou. – Eu disse pra não se preocupar...

Plínio caiu desmaiado no meio dos repórteres.

Débora acionou o controle remoto e aumentou o volume da televisão. Todos os olhos se voltaram para a telinha, onde o âncora do telejornal comentava as imagens que se sucediam.

O DEPUTADO INOCÊNCIO MALTA PETRÔNIO, QUE ACABA DE TER SEU MANDATO CASSADO, FOI RECOLHIDO HOJE A UMA CELA NA SUPERINTENDÊNCIA DA POLÍCIA FEDERAL, EM BRASÍLIA. EXPULSO DO PARTIDO APÓS A CPI DA CÂMARA, QUE PROVOU SUA PARTICIPAÇÃO NUM ESQUEMA DE TRÁFICO DE DROGAS MONTADO PELO FALECIDO EMPRESÁRIO JC LORQUEMAD, O EX-DEPUTADO ESTAVA HOSPITALIZADO DESDE O ACIDENTE DE CARRO QUE ENCERROU SUA FUGA DA POLÍCIA MILITAR EM SANTO ANTÔNIO DAS ROCHAS. NO ACIDENTE FALECEU UM ALIADO DE PETRÔNIO, O DELEGADO ARISTÓBOLO ANTUNES, MEMBRO DA ORGANIZAÇÃO RACISTA CLANDESTINA "TRIÂNGULO". PETRÔNIO É ACUSADO AINDA DE SEQUESTRO E É UM DOS SUSPEITOS PELO INCÊNDIO CRIMINOSO QUE TERIA MATADO JCL NA MADRUGADA DE 7 DE JULHO. TEREMOS MAIS DETALHES SOBRE O CASO APÓS A DIVULGAÇÃO, PROMETIDA PARA HOJE, DOS RESULTADOS DA PERÍCIA NOS RESTOS MORTAIS DE LORQUEMAD, EXUMADOS ESTA SEMANA POR ORDEM DO JUIZ.

Com um suspiro, Maria Clara pediu que a filha desligasse o aparelho. Ingra foi até a avó e abraçou-a.

– Não fica assim, vó. Está tudo bem agora.

– Eu sei, querida. – A viúva de JCL retribuiu o abraço da neta. Não havia nada que pudesse fazer a essa altura dos acontecimentos. Tudo que o marido lutara a vida inteira para manter oculto – falcatruas e negociatas, sociedades secretas, casos extraconjugais – estava agora em todos os jornais e noticiários.

"Pelo menos", ela pensou, com alívio, "meus filhos e netos estão seguros". As organizações estavam sob investigação. A diretoria da construtora concordara em não processar JJ pelos desfalques, já que ele se comprometera em passar à empresa, quase falida, os imóveis que adquirira.

Pascoal enfrentava acusações sérias, embora afirmasse não participar das operações de tráfico de drogas do pai. Azambuja depusera a seu favor e, graças à colaboração que dera à Polícia Federal no desmascaramento de Petrônio e Antunes, Plínio acreditava que, mesmo se condenado, o irmão acabaria cumprindo pena em liberdade.

A herança, porém, era outra história. Com os bens postos em indisponibilidade, incluindo a suspensão das concorrências que a construtora JCL ganhara, a situação financeira da viúva e dos herdeiros se tornara precária. Não podiam vender propriedades para saldar dívidas – mesmo que pudessem, depois de pagos os impostos, pouca coisa restaria para ser dividida entre ela, Pascoal, Plínio, Débora e JJ, sem mencionar Lucimara, também filha de João Carlos.

Nada disso, porém, parecia perturbar os netos. Maria Clara prestou atenção às risadas na cozinha do casarão.

– Vem, Ingra – ouviu Suélen chamar. – Estamos te esperando...

Na cozinha do casarão, Arlete colocara a mesa para um lanche especial. Vários sabores de sorvete, caldas e coberturas tentavam os olhos dos jovens. Quando Ingra entrou, Henri, Fausto e Bruno atacavam a mesa.

– Deixa a Ingra se servir primeiro – começou Bruno, como

sempre imprevisível –, afinal de contas ela quase "bateu as botas" nessa história.

Fausto, que se servira de várias bolas de sorvete, protestou.

– Qual é, e eu, que fiquei preso naquele armário e ainda tive de enfrentar os gorilas dos seguranças? Dei ou não dei um show, Bruno? Só o folgado do Henri ficou lá no apartamento, enquanto a gente se aventurava...

Henri sorriu, tímido, mas a filha de Arlete tomou sua defesa.

– Dobre a língua! Foi o Henri que mostrou pra todo mundo no mapa a casa onde vocês estavam, e depois abriu os arquivos do computador do seu avô pra Polícia. A dona Anderlisa disse que, graças às informações que o Henri conseguiu no micro, a tal organização do Triângulo já era.

Uma vaia dos outros encerrou sua defesa, mas o brilho nos olhos de Henri, ao pegar na mão dela, foi recompensa suficiente para Suélen.

– Beija a menina duma vez, caramba! – exclamou o irreverente Bruno, com a boca cheia de sorvete de morango. – O tio JJ já cansou de explicar que ela não é nossa prima, afinal...

– Beija! Beija! Beija!... – começou Fausto.

Cortando-o, Ingra olhou para a entrada da casa.

– Estão quase chegando! – disse, olhos fixos na porta.

– Ainda não me acostumei com essas premonições da Ingra – comentou Suélen, repartindo com Henri uma taça de sorvete de abacaxi. – Ela sempre sabe antes o que vai acontecer?

– Nem sempre, mas foi o que salvou a vida dela – explicou o garoto. – Ingra teve uma visão do carro explodindo, pouco antes de acontecer. Aí avisou os sequestradores e deu tempo de ela e o gorducho pularem fora do carro. O delegado não acreditou e danou-se, virou churrasquinho na explosão.

Fausto torceu o nariz.

– Pois eu saltava sozinho e deixava os dois se esturricarem. Bandidos! Pena a mulher com cara de morcego não estar no carro também.

– Ela está presa e não sai dessa tão fácil - acalmou-o Suélen. – Os jornais botaram o apelido nela de "velhinha assassina", porque quase matou o coitado do Rildo.

Henri engoliu um bocado de sorvete, pensativo.

– Vocês se lembram... – ele murmurou – ...do que o seu Belarmino disse, lá na casinha do Refúgio? Que ia morrer mais gente pelo fogo e que a maldição só ia terminar quando alguém fosse capaz de perdoar? Vai ver... a Ingra foi essa pessoa. Ela salvou a vida do tal Petrônio, afinal.

– Na minha opinião ele preferia ter explodido também! – Riu Fausto. – Foi cassado, preso, e os jornais agora dizem que ele é o principal suspeito de ter mandado matar o vô...

Suélen ficou séria.

– Eu acho que o Henri tem razão. Se é que a maldição existia, já terminou. Todos podemos voltar à nossa vida normal.

– Quase normal – resmungou Fausto. – Meu pai vai ficar sem grana agora. Nossa herança já era. Não ouviram a conversa deles ontem à noite, quando tio Plínio disse que a construtora tá falindo?

– Eu nem ligo – disse Henri. – Meus pais sempre se garantiram em Lindoia. Aposto que vocês também podem viver bem em Curitiba, sem precisar do dinheiro do vô.

– Eu não me importo de ir estudar em escola pública – completou Suélen. – A gente pode fazer amigos em qualquer lugar.

– Então é verdade? – indagou Bruno. – Dona Maria Clara está sem grana e até a sua mãe vai perder o emprego?

A filha de Arlete suspirou.

– Coitada, sua avó está em apuros mesmo! Mas minha mãe está feliz. Seu Maurício ofereceu um emprego bárbaro pra ela, na tal pousada que ele entrou de sócio.

– Ah!... – zombou Fausto. – Entendi. Por isso vocês dois andam aí de segredinhos. Vão juntos pra Águas de Lindoia!... Já vi tudo...

Desta vez tanto Henri quanto Suélen enrubesceram, enquanto Fausto e Bruno riam. Então ouviram a voz de Ingra, na porta de entrada.

– Até que enfim, meu pai chegou!

Os quatro primos trocaram um olhar maroto.

O agente da Polícia Federal, Paulo Azambuja, entrou atrás de Plínio e Lucimara na sala do casarão. Olhou em torno, vendo os olhos ansiosos dos demais membros da família fixos nele. Maria Clara, a matriarca, sentava-se numa poltrona larga e confortável. Débora, Pascoal e JJ, este muito quieto, instalavam-se nos demais sofás e cadeiras que rodeavam o cômodo.

Plínio levou a meia-irmã a uma poltrona, mas não se sentou. Recostou-se numa mesa de canto e passou em revista a família reunida, refletindo: "No final das contas, não vamos sentir tanta falta do dinheiro do velho".

Percebeu, então, que Maurício, marido de Débora, não estava presente. O que o estaria retendo? Dirigiu-se ao agente da PF.

– Está faltando meu cunhado. Esperamos por ele?

– Não, vamos acabar logo com isso, Anderlisa me espera na DP. Agora que é delegada interina, ela não perdoa um atraso... nem mesmo meu.

– Mamãe, manos... – começou o advogado. – O doutor Azambuja pediu que nos reuníssemos para esclarecer certos pontos que ainda estão obscuros nessa história toda. Ele ia falar conosco domingo passado, mas em vista dos... acontecimentos de sábado, muita coisa mudou.

– Na verdade – continuou o policial – eu tinha dito ao delegado que interrogaria vocês sobre JJ e Pascoal, que andaram agindo de maneira suspeita antes e depois do incêndio.

– Pensei que isso já estivesse mais do que explicado – interrompeu JJ. – Quando soube que papai ia me deserdar, tentei fazê-lo mudar de ideia. Liguei para o Pascoal, que estava em Vitória. Achei que, se ele interferisse, poderia consertar as coisas. Pascoal topou, voou para São Paulo, fez uma conexão e chegou aqui quinta à noite. Mas nem ele conseguiu pôr juízo na cabeça do velho... Então fui ao Refúgio no dia do incêndio. O resto vocês já sabem.

Maria Clara, incomodada, tomou a mão do filho.

– Pascoal, por que veio em segredo? Por que não me contou?

O pai de Fausto, com o rosto cansado, retribuiu o gesto.

– Eu ainda tinha esperanças de convencer papai, falando com ele em particular... Mas logo que voltei a Curitiba recebi a notícia do incêndio e não o vi mais. Vim com Fausto para cá no primeiro voo.

– Isso explica sua vinda misteriosa naquela quinta-feira. Mas não explica sua ida com o delegado Antunes ao Refúgio depois do incêndio... – interrompeu Azambuja.

– Foi Antunes que pediu que eu o acompanhasse. Ao chegarmos lá ele disse que precisava ver se não havia ficado nenhum "elemento comprometedor" que denunciasse as atividades da Triângulo. Só que o fogo consumiu tudo na biblioteca... inclusive a Bíblia, que era o que Antunes queria. Eu sabia que papai guardava algo importante naquela Bíblia, e não tinha certeza do que era.

– Antunes sabia, e segundo o depoimento de Ingra, Petrônio também – esclareceu o investigador. – Mas a Bíblia do Refúgio do Riacho não queimou. Fausto e Bruno me contaram onde ela está.

– Na minha caminhonete – JJ admitiu, com um sorriso maroto. – Eu a peguei, quando estive no casarão. Estava furioso, sabia que tinha alguma coisa valiosa lá e quis descobrir o que era... Só que dei azar. O livro estava vazio.

Quase todos murmuraram. Estaria JJ mentindo? Ou então...

– Isso confirma minhas desconfianças – continuou o agente da PF. – A pessoa que pôs fogo no casarão deve ter pegado os papéis naquela noite.

– Mas o que havia nesses papéis, afinal? – perguntou Débora.

– Eram os números das contas bancárias e senhas de João Carlos no exterior, disfarçados como números de versículos – explicou Maria Clara. – Quando voltei ao apartamento, a primeira coisa que fiz foi pegar os papéis na cópia da outra Bíblia. Estão em meu cofre.

– E Ingra já me entregou os que encontrou na casa de dona Leonora. A PF está em negociação com os bancos, pedindo a quebra do sigilo das contas – completou Azambuja.

– Espere um minuto – interrompeu-o Plínio, intrigado. – Como a pessoa que pôs fogo no casarão pode ter pegado os papéis, se só chegou lá depois que JJ foi embora? Ele levou a Bíblia ao sair!

O policial franziu a testa morena, sinal de que o assunto era sério.

– Existe uma explicação muito simples. Mas só pude confirmar o que já desconfiava depois de receber o laudo do legista, há pouco.

– Eu ia justamente perguntar sobre a perícia – disse Débora. – Depois da exumação do corpo, não soubemos mais nada. Qual o resultado?

Azambuja hesitou. Não sabia por onde começar.

– Para resumir... a vítima já estava mesmo morta quando ocorreu o incêndio. Apesar do estado do corpo, os peritos encontraram traços de facadas em duas costelas da ossada.

Um burburinho desconfortável encheu a sala.

– Infelizmente, há mais – continuou Azambuja. – Não localizamos os registros de radiografias dentárias para comparação, já que o Dr. Eduardo destruiu tudo o que se referia a JCL antes de fugir para a Espanha. Parece que ele queria abandonar a sociedade. Acabou morto por um assassino de aluguel mandado por Joenir e pago por Petrônio. Nosso médico-legista, então, com ajuda de peritos da Unicamp, fez um exame de DNA usando como material para comparação o sangue recolhido do doutor Pascoal. Os resultados mostraram que o corpo encontrado no incêndio pertenceu a um homem de aproximadamente 60 anos, medindo um metro e setenta e cinco. Porém esse homem não era, em hipótese nenhuma, João Carlos Lorquemad.

– O quê???

O grito, abafado, viera de trás das cortinas. Débora puxou uma cordinha e o cortinado da sala se abriu, revelando Henri, Fausto, Ingra, Suélen e Bruno, ocultos no lugar onde tantos segredos os haviam surpreendido.

Maria Clara, de cara fechada, fez um sinal aos netos para que entrassem. Pegos em flagrante, os cinco não tiveram como desobedecer. Paulo Azambuja, com vontade de rir, cruzou os braços e encarou-os com severidade.

– Muito bem, ouviram uma conversa confidencial envolvendo investigações da polícia e estão encrencados comigo. Muito mais do que estarão com seus pais, quando eu sair. O que têm a dizer em sua defesa?

Ingra não se intimidou. Fizera naqueles dias longos depoimentos na presença de Paulo e sabia que ele estava brincando.

— Nós temos o direito de saber a verdade. Logo no primeiro dia o Henri e o Fausto fizeram um pacto de descobrir tudo, doesse a quem doesse. E já desconfiávamos de que o corpo não era do vovô.

— Mas então, de quem era? — interrompeu Fausto.

— Podia ser do caseiro, o seu Lizário — concluiu Henri.

— Verdade, ele não apareceu até agora — completou Bruno.

— Nem ele nem o caseiro substituto, o tal Jaime Pastor.

Ingra sorriu para o agente. Nem todos, ali, sabiam que Jaime Pastor e Azambuja eram a mesma pessoa. Mas ela sabia.

— Posso garantir que sei exatamente onde estão Lizário e Pastor — afirmou o agente da PF —, e não é num necrotério.

— Então — disse quase gritando Maria Clara, que via ruir uma crença pela qual tanto chorara —, onde está João Carlos?

— E de quem é o corpo? — acrescentou a filha.

— Ainda não sabemos — foi a resposta do agente. — Provavelmente do visitante misterioso que chegou depois que JJ deixou o local. Acredito que essa pessoa tentou esfaquear JCL, porém acabou provando de seu próprio remédio... Seu pai então deve ter fugido — e, para que pensassem ser dele o cadáver, ateou fogo ao casarão, levando consigo os papéis com os números das contas no exterior, que havia tirado da Bíblia antes de JJ chegar. Esperamos descobrir mais com os interrogatórios do doutor Petrônio. É provável que a vítima tenha sido um cúmplice enviado por ele... Porém, por enquanto, estamos no escuro.

Como que a desmentir o que ele dizia, as luzes da sala se acenderam. Mergulhados em tantas revelações, nenhum deles tinha notado que a tarde caíra. Um recém-chegado, então, acionara os interruptores.

Todos se voltaram para a porta. Havia três homens na penumbra do vestíbulo. Um deles, Maurício, rebateu a afirmação do agente.

– Pois que se faça a luz, doutor Azambuja. Trazemos novidades.

Então os outros viram entrar na sala do casarão Rildo Falcão, que saíra do hospital há dois dias, ainda com o braço numa tipoia; e, amparado por ele, uma pessoa que ninguém esperava ver naquele momento.

Era o velho agregado, que as crianças haviam conhecido sábado à tarde no Refúgio e tinha a mania de sumir e aparecer inesperadamente.

– Mas é o seu Belarmino... – surpreendeu-se Maria Clara.

– Se ele sabe quem esteve lá naquele dia... – começou Pascoal.

– ...por que não contou à polícia antes? – concluiu Plínio.

O velho olhou ao redor com um sorriso inocente.

– Uai – disse ele –, eu *tava* lá esperando, mas ninguém foi me *preguntá* nada! Como queriam que eu contasse?... E *adispois*, o *home* era esquisito, parecia um fantasma das trevas – completou ele, benzendo-se.

– Quem? – Azambuja quase gritou, impaciente.

– O bruxo, uai. O tal estrangeiro que era *cupincha* do seu João *Carlo*. Ele apareceu logo que o moço foi embora. – E indicou JJ. – Veio pela estradinha do lado, só eu mesmo que vi. Mais tarde o *home* foi embora, embrulhado naquela capa *cumprida* qu'ele usava. Pelo menos parecia ele, sabe como é, ele e o patrão eram quase igual... aí começou o fogaréu e eu nem pensei mais nisso.

Bruno quebrou o silêncio que se seguiu às palavras de Belarmino.

– Mondraquezi...

As duas mulheres, na praça em frente ao apartamento de Maria Clara, ficaram em silêncio por um tempo. Afinal, Débora sorriu para Lucimara.

– Está na hora de irmos. Nosso avião sai em poucas horas... E todos temos de estar nele. De São Paulo eu e Maurício vamos para Lindoia e Plínio para Belo Horizonte.

– Eu também gostaria de ir embora – foi a resposta da meia-irmã –, mas tenho de ficar mais. O advogado espera resposta ao pedido de *habeas corpus*. Ele acha que minha mãe poderá ser solta hoje...

– E seu marido?

A filha de Leonora suspirou pela décima vez.

– Ele não sai tão cedo. Está implicado em tantas coisas, principalmente na morte do dentista... De qualquer forma, meu casamento não existe mais. Foi uma farsa do começo ao fim.

Débora sentiu o coração apertado ao pensar na vida que a outra levara. Entre as tramas do pai, da mãe e do marido, ela nunca pudera... viver. "Engraçado", pensou, "até um mês atrás eu não sabia que tinha essa irmã. E agora sinto uma forte ligação com ela...".

– Por que não vem passar uns dias conosco em Lindoia? – disse, encorajadora. – Nós voltaremos a Santo Antônio daqui a algumas semanas, para o casamento do Rildo. Se ainda estiver aqui, pode retornar conosco. Henri e Bruno estão se dando tão bem.

Lucimara espantou a tristeza dos olhos, ao voltar-se para Bruno – como se dissesse a si mesma que, apesar de tudo, ela tinha ao filho. Na praça ele mostrava aos primos os novos recortes de jornal em seu álbum.

– Assim que mamãe for solta vou a São Paulo, logo as aulas do Bruno começam. Mas, na primeira oportunidade, pode me esperar... mana.

As duas abraçaram-se e demoraram alguns minutos para convencer os adolescentes de que tinham de ir. Por fim seguiram: Lucimara para a casa no centro da cidade, finalmente liberada pela polícia; e Débora, com o trio de primos, para o apartamento.

Lá, Fausto correu para o jornal do dia, caído num canto.

– Chega de ler jornal, meu – resmungou Henri. – Nós já sabemos de tudo que vai estar escrito aí...

– Ele quer ver – comentou Ingra, com pena do primo – se diz alguma coisa sobre o tio Pascoal.

O tio era o único membro da família que não poderia deixar a cidade, ainda envolvido com depoimentos.

Por vários dias os jornais locais só haviam falado no escândalo envolvendo a família Lorquemad. Notícias sobre a recuperação de Rildo, o sumiço de Fausto e Bruno, o sequestro de Ingra, a morte de Antunes, a cassação e prisão de Petrônio. Depois, o traslado do corpo do dentista, as suspeitas de o corpo carbonizado pertencer a Mondraquezi e o pedido de prisão do desaparecido JCL, suspeito de assassinato.

Agora, a poeira parecia haver baixado. Apenas nas páginas internas dos periódicos apareciam declarações de Anderlisa, que assumira como delegada interina, e de Azambuja, que voltara à sede da PF em Brasília e trabalhava em conjunto com a Interpol nas investigações para localizar o sumido no exterior.

Largando o jornal, Fausto procurou os outros com o olhar.

– Vocês acham que vão encontrar nosso avô?

Henri sacudiu a cabeça.

– Duvido. Ele deve ter planejado muito bem a fuga. Aposto que a essas horas está num lugar maravilhoso... acompanhado por mulheres bonitas.

O outro riu, malicioso, mas Ingra suspirou.

– Eu tenho me lembrado tanto dele... como me pegava no colo, comprava presentes e adorava me ver rasgando o papel de embrulho.

– Não esqueço de quando ele apareceu lá em Curitiba no meu aniversário e me deu as passagens pra Disney – lembrou Fausto.

– Vovô era legal com a gente – concluiu Henri. – Não importa o que ele fez, era nosso avô e a gente tem o direito de gostar dele. Pelo menos um pouquinho – acrescentou, ao lembrar-se da morte de Aura, mãe de Ingra.

A prima soube exatamente no que ele estava pensando e afagou seu braço:

– Você tem razão, Henri. Mas o importante é que agora nós sabemos a verdade, ninguém da nossa família ou dessa sociedade maluca pode esconder mais nada. E eu sei de uma outra coisa...

Os olhos dela pareceram vidrados, como se vissem além das paredes do apartamento, das ruas da cidade, das fronteiras do país.

– O quê? – perguntaram os outros, aflitos.

Com um sorriso enigmático, a garota terminou a frase.

– Eu sei que, onde quer que esteja, ele pensa em nós.

EPÍLOGO

O homem fechou os olhos sob o sol intenso.

Tentava não pensar e apenas ouvir a música agitada que vinha da praia próxima, o ritmo sensual da percussão lembrando tanto os ritmos de sua terra natal.

Ele sorriu, abriu os olhos e conferiu o céu azul intenso, as ondas quebrando na areia fina lá adiante, as velas brancas do iate resplandescentes com a luz do sol.

Uma mulher jovem e esguia, deitada numa cadeira próxima a ele, a pele bronzeada contrastando com a cor clara do biquíni, abria um pacote de presente – rasgando impacientemente o fino papel de embrulho.

Ele a observou lembrando outras mãos a abrir presentes, porém mãos pequenas e gorduchas. Recordou sorrisos, abraços, pequenas alegrias que um dia tivera. E pensou em como tudo era diferente agora...

A moça soltou uma exclamação de prazer, ao abrir um estojo recoberto de veludo preto e pescar, lá de dentro, uma corrente dourada ostentando delicado pingente em forma de triângulo.

Jogou fora a caixa, sacudiu os longos cabelos e pôs a corrente em volta do pescoço, deixando a luz do sol brilhar no pingente de ouro.

Beijou-o, impulsiva, o sorriso evidenciando o quanto sua juventude exuberante contrastava com a maturidade dele.

Foi então que ambos sentiram um estremecimento suspeito na embarcação, acompanhado pelo cheiro de fumaça. E tudo acabou numa bola de fogo.

A explosão do iate pegou de surpresa os turistas que tomavam sol na praia próxima, e até nos terraços de hotéis distantes.

Em poucos segundos o fogo desaparecia e os restos da embarcação eram rapidamente tragados pelas águas.

Uma fumaça negra espalhou-se por todos os lados, e ondas enormes lamberam as areias mais próximas, desencadeadas pelo redemoinho resultante do naufrágio.

Durante vários dias crianças da região encontrariam – jogados pelas ondas mesmo em praias longínquas – restos, cacos, pequenos objetos enegrecidos pelo fogo.

Uma semana havia se passado quando um garoto, de cabelos negros e olhos vivos, à beira-mar, cavoucou a areia e mostrou a um estrangeiro os tesouros que encontrara e guardara numa caixa.

Um dos pequenos objetos se destacava entre os outros. O estrangeiro tomou nas mãos – que trazia enluvadas, apesar do calor – o pingente meio derretido.

O triângulo reluziu, refletido sob o sol da manhã, a pureza do ouro ainda insistindo em brilhar sob o pó. O homem o colocou num saquinho plástico etiquetado, que lacrou e guardou numa pasta, junto a vários outros. Depois olhou o mar muito azul coalhado de barcos de pesca e iates luxuosos. Nem parecia ouvir a fala apressada do garoto, que mostrava mais "tesouros" semienterrados na areia.

Olhos fixos no horizonte, ele apenas murmurava:

– Será?...

Fim

De: <giselda.laporta@editorasaraiva.com.br>
Para: <carlos.segato@editorasaraiva.com.br>
Cc: <rosana.rios@editorasaraiva.com.br>
Assunto: Vamos escrever um livro de mistério juntos, pela internet?
Anexar: Cap1.doc

Oi, caro amigo Segato:
Foi muito legal essa ideia da nossa colega Rosana, de a gente fazer um livro juntos. Nós nos reunimos numa cafeteria e até tiramos a sorte para ver quem começava a história. Como eu ganhei, estou lhe enviando o primeiro capítulo. Você, goste ou não, compadre, vai ter de continuar... e mandar o segundo capítulo para a Ro. E ela também, goste ou não, terá de escrever o terceiro capítulo e mandar para mim. Que mandarei o quarto para você... e assim o livro irá crescer. Não pense que vou lhe dar moleza, meu amigo. A coisa é para valer! Abração, Giselda.

De: <carlos.segato@editorasaraiva.com.br>
Para: <rosana.rios@editorasaraiva.com.br>
Cc: <giselda.laporta@editorasaraiva.com.br>
Assunto: O primeiro capítulo já começou com um crime... e agora?
Anexar: Cap2.doc

Prezada Rosana,
A sorte foi lançada! Segue o primeiro capítulo, escrito pela Giselda, e o segundo, escrito por mim. Gostei adoidado desse desafio que nos propusemos quando nos reunimos na cafeteria, naquela fria manhã de sábado em São Paulo. Como pode ver, coloquei novas personagens na continuação, que se juntaram às criações da Giselda. E assim a história vai caminhando. Agora a bola está com você, minha amiga. Sei que cada final de capítulo será uma sinuca para quem for escrever a continuação. Mas, de minha parte, vou procurar seguir aquele nosso lema inicial: quanto maior a enrascada, melhor! Em tempo: talvez eu me mude de Ribeirão para Brasília por esses meses, mas o projeto continua. Afinal, a internet está aí para isso mesmo... Abraços, Segato.

De: <rosana.rios@editorasaraiva.com.br>
Para: <giselda.laporta@editorasaraiva.com.br>
Cc: <carlos.segato@editorasaraiva.com.br>
Assunto: Vocês pensaram que iam me pegar, hein, amigos?
Anexar: Cap3.doc

Arquivo pessoal

Querida Giselda:
Em que encrenca você e o Segato me meteram! Arrumam um cadáver logo na primeira página, depois aparecem personagens que não acabam mais, dúvidas, ameaças, suspeitas... Esperem só pra ver o que eu vou aprontar com esses personagens. Eles já estão tomando forma na minha mente... surgindo das sombras da imaginação para assombrar nossa história... Bem, aí vai o terceiro capítulo. Quero ver como se saem dessa! Aliás, tenho certeza de que ficaremos meses "aprontando" uns com os outros, até chegarmos ao capítulo final e a solucionar a maior dúvida: Quem matou J.C.L.? Eu ainda não sei! E vocês?... Beijão aos dois, Rosana.

Sobre o ilustrador:

Gaúcho de Novo Hamburgo, Kipper trabalhou como chargista e ilustrador na imprensa de seu Estado natal até 1989, quando se transferiu, por um ano, para a imprensa de Santa Catarina, iniciando o trabalho com tiras de quadrinhos. Em 1990, transferiu-se para a imprensa de São Paulo e iniciou uma produção de HQ infantil. Em 1994 começou a publicar no jornal *Folha de S.Paulo*, além de colaborar como ilustrador e caricaturista em várias revistas. Em 1997 fez a arte para a primeira novela ilustrada na Internet. Em 1999 transferiu-se para a imprensa portuguesa, na qual trabalha como caricaturista e ilustrador até hoje, via Internet, mas em 2001 voltou ao Brasil, intensificando o trabalho com ilustração de livros.
Já recebeu vários prêmios, como o HQMIX por melhor revista MIX e melhor projeto editorial de 2001, recebidos em 2002.